지킬 박사와 하이드 씨 · 마크하임

일러두기

- 이 책은 Robert Louis Stevenson, 『*The Strange Case of Dr. Jekyll and Mr. Hyde*』(Project Gutenberg, 2008)와 「MARKHEIM」 in 『The Merry Men and Other Tales and Fables』를 참고했습니다.
- 이 책에 실린 단편소설 「마크하임」은 원작을 발췌 완역한 것입니다.

지킬 박사와 하이드 씨·마크하임

The Strange Case of Dr. Jekyll and Mr. Hyde · Markheim

로버트 루이스 스티븐슨 지음

림

로버트 루이스 스티븐슨

미국 보스턴의 사진작가 제임스 노트먼이 찍은 로버트 루이스 스티븐슨의 사진이다.
스티븐슨은 아주 젊었을 때부터 사람들이 지니고 있는 개성들이 그 인간에게 어떤 영향을 미치는가 하는
주제를 소설화하려는 꿈을 가지고 있었다. 그는 『지킬 박사와 하이드 씨』를 완성함으로써 그 꿈을 이뤘다.

로버트 루이스 스티븐슨 묘지

사모아 우풀루섬 바이아산에 있는 로버트 루이스 스티븐슨의 무덤이다.
1888년부터 미국을 떠나 요트를 타고 남태평양을 두루 다니다가 1889년 사모아 우풀루섬에 2층 저택을
짓고 정착했다. 그러다 1894년 뇌일혈로 비교적 젊은 나이에 자택에서 사망했다.

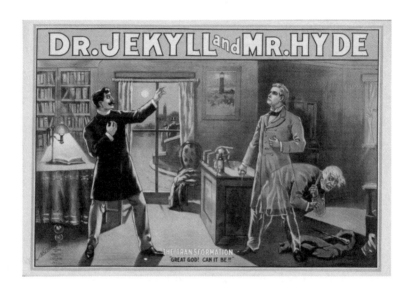

『지킬 박사와 하이드 씨』 연극 포스터

『지킬 박사와 하이드 씨』를 연극화한 것의 포스터이다. 연극 이외에도 영화, 만화 영화, 뮤지컬 등 지금까지 끊임없이 제작되며 사랑받는 작품이다.

지킬 박사와 하이드 씨 · 마크하임 **차례**

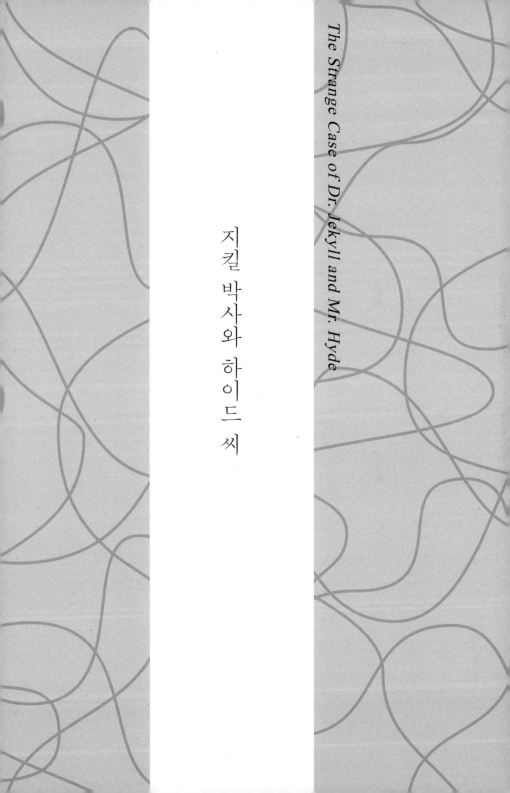

지킬 박사와 하이드 씨

제1장 문(門) 이야기

어터슨 변호사는 늘 엄한 표정에 결코 밝은 미소를 보인 적이 없는 사람이었다. 그는 냉정하고 소심했으며 남들과 대화하기를 꺼렸다. 그는 내성적인 성격이었고 마르고 큰 키에 우울한 표정을 하고 있었지만, 어딘가 정감이 가는 곳이 있는 사람이었다.

친한 사람들과 함께 있을 때, 특히 입맛에 맞는 와인이라도 마시고 있을 때면, 분명히 뭔가 인간다운 면모가 그의 눈에 드러나 보였다. 그런 것을 그가 말로 표현하는 일은 결코 없었지만, 식사 후의 표정에서 조용히 드러나기도 했고, 그의 생활 태도에서 자주 드러났다.

그는 자신에게 엄격한 사람이었지만 남들에게는 관대했다.

그는 잘못된 행동에 휘말리는 사람을 보면, 어떤 정신 상태에서 그런 일을 저지르게 되는 것인지 궁금해했으며, 경이롭게 생각하기도 했다. 좀 과장되게 말하면 그런 행동을 저지르는 사람을 부러워하는 것 같기도 했다. 그리고 아무리 심한 잘못된 행동을 하는 경우라도, 그 사람을 비난하기보다는 도우려 했다.

그는 가끔 이런 야릇한 말을 하곤 했다.

"나는 카인의 이단에 끌려. 나는 내 형제가 나름대로 악의 길을 가도록 내버려두고 싶어."

그가 그런 성격이었기에 그는 종종 인생의 내리막길에 접어든 사람들에게 존경을 받거나 좋은 영향을 미치는 인물이 되는 일이 있었다. 그리고 그런 사람들이 그의 집에 나타나더라도, 그의 태도에는 아무런 변화가 없었다.

하지만 그는 유별나게 사람들을 선택해 사귀지는 않았다. 그가 가깝게 지내는 사람들은 대개 일가친척이거나 오랜 세월 함께 지내온 사람들이었다. 그것은 마치 담쟁이덩굴이 세월과 함께 자라나듯 자연스러운 것이었을 뿐 그의 취향을 드러내는 것은 아니었다. 그와 그의 먼 친척인 리처드 엔필드와의 관계도 바로 그런 것이었다.

엔필드는 장안에서 이름이 널리 알려진 젊은이였다. 어터슨은 일요일이면 그와 자주 산책을 하곤 했다. 하지만 둘 사이에는 무슨 공통된 이야깃거리가 있지는 않았다. 둘은 매우 지루해 보일 정도로 아무 말 없이 거리를 걷는 경우가 대부분이었다.

그러던 어느 날이었다. 둘이 산책하는 도중에 런던 번화가에 있는 골목길에 접어들었을 때, 엔필드가 모퉁이 두 번째 집 문 앞을 지팡이로 가리키면서 어터슨에게 말했다.

"저 문, 전에도 보신 적 있으시지요?"

어터슨이 고개를 끄덕이자 그가 덧붙였다.

"저 문에 아주 이상한 이야기가 얽혀 있어요."

뭔가 음산한 느낌을 주는 집이었다. 2층 건물이었으며 위층이고 아래층이고 창문이 없었다. 초인종도 없었으며, 문을 두드리는 손잡이도 없었다. 부랑자들이 그 벽 아래서 벽에 성냥을 그어댔고, 아이들은 아예 계단에 점방을 차리고 있었다. 아주 오랜 시간 이 초대받지 않은 손님들을 쫓아내지도 않았고, 그들이 훼손한 것을 수리하지도 않았음이 분명했다.

엔필드의 말에 어터슨의 목소리가 약간 바뀌었다. 호기심이 인 것이 분명했다.

"그래? 무슨 이야기인데?"

"자, 들어보세요. 제가 좀 먼 곳으로 갔다가 집으로 돌아오는 길이었어요. 어두운, 겨울 새벽 3시경이었지요. 나는 가로등 불빛 외에는 아무것도 보이지 않는 거리를 걷고 있었지요. 거리에는 마치 텅 빈 교회처럼 아무도 없었어요.

그런데 갑자기 두 사람의 모습이 나타난 거예요. 한 명은 키 작은 남자였는데, 잰걸음으로 동쪽을 향해 걷고 있었어요. 다른 한 명은 여덟 살에서 열 살쯤 되는 계집아이였는데, 온 힘을 다해 달음박질쳐서 길을 건너고 있었고요. 그런데 그 둘이 길모퉁이에서 마주치게 된 거예요. 그때 정말 끔찍한 일이 벌어지고 말았답니다. 그 남자가 너무 태연하게 아이의 몸을 짓밟아 뭉개더니, 울부짖는 아이를 땅바닥에 내버려두고는 가버리는 거예요. 듣기에는 별것 아닌 것 같지만 실제로 볼 때는 정말 소름끼치는 광경이었어요.

그는 인간 같지가 않았어요. 마치 무시무시한 괴물 같았어요. 저는 태연히 길을 가는 그자를 뒤쫓아 가서 목덜미를 낚아챘어요. 그리고 그자를 다시 아이가 누워 있는 곳으로 데리고 갔지요. 아이 주변에는 이미 사람들이 모여 있었어요.

그자는 아주 태연한 표정으로 아무 저항도 하지 않았어요. 다만 나를 한 번 흘낏 보았을 뿐인데, 그 모습이 너무나 혐오스러워서 진땀이 흐를 정도였어요. 그곳에 모여 있는 사람들은 그 아이의 가족들이었어요. 얼마 후 의사가 나타났어요. 실은 집에 아픈 사람이 있어 그 아이는 의사를 부르러 심부름을 갔다 오던 길이었던 거예요. 아이를 살펴본 의사 말이 심하게 다친 건 아니고 다만 놀랐을 뿐이라고 하더군요. 그러니 그걸로 그냥 일이 끝났다고 생각할 수노 있겠시요.

하지만 상황이 좀 기묘했어요. 바로 그 사내가 주는 느낌 때문이었지요. 저는 그를 그냥 보낼 수 없었어요. 그자를 보자마자 엄청난 혐오감을 느꼈거든요. 그 아이 가족들도 마찬가지였을 거예요. 의사도 마찬가지였어요. 마치 내가 잡아끌고 온 그자를 죽여버리고 싶은 기세였어요. 나와 의사는 서로의 생각을 읽었고 의기투합했어요. 하지만 그자가 죽이고 싶을 정도로 밉더라도 죽일 수는 없는 노릇이었지요. 그래서 차선책을 택했어요.

우리는 그자에게 이 사건을 스캔들로 만들 수 있고 만들어버릴 것이라고, 그의 악명이 런던 구석구석까지 퍼지게 하겠다고 말했어요. 그자에게 친구나 신용 같은 게 있다면 모두 잃게 만들겠다고 말했어요.

하지만 그자는 태연자약했어요. 우리들을 경멸스럽다는 듯 바라보고 있는 게 꼭 지옥의 악마 같았어요. 그가 입을 열더군요.

'이 사건으로 한몫 잡겠다는 모양이군. 도리가 없지. 신사라면 시끄러운 일을 피하고 싶은 법이지. 자, 어디 액수를 말해보시오.'

우리는 아이의 가족을 생각해 100파운드라는 거금을 요구했어요. 그자는 그 금액을 거부할 생각이었던 게 분명해요. 하지만 우리들의 사나운 기세를 보고 결국 받아들이더군요. 그리고 그자가 우리를 바로 저 집 문 앞까지 데려가는 게 아니겠어요? 그자는 열쇠로 문을 열고 들어가더니 잠시 후에 나왔어요. 손에는 10파운드짜리 금덩어리와 카우츠 은행 수표가 들려 있더군요. 그런데 그 수표에 제가 차마 언급하기 어려운 사람의 이름으로 서명이 되어 있는 게 아니겠어요. 그리고 제가 드리는 말씀의 요점이 바로 그 서명에 관한 거랍니다.

그 이름은 아주 잘 알려진, 신문지상에도 오르내리는 이름이었어요. 그 이름이라면 그 이상의 금액이 적혀 있더라도 이상할 게 없는 사람이었지요. 물론 그 서명이 진짜라면 그렇다는 거지요.

나는 그자에게 이거 가짜 수표 아니냐고 따졌어요. 새벽 4시에 지하실 문을 따고 들어가서, 다른 사람의 이름으로 된 100파운드짜리 수표를 들고 나오는 일이 어떻게 가능하냐고

따져 물은 거지요. 그러자 그가 말하더군요.

'안심하시오. 내가 은행 문이 열릴 때까지 당신들과 같이 있겠소. 내가 직접 수표를 현금으로 바꿔드리지.'

그래서 저와 의사, 아이의 아버지, 그자 모두 함께 제 사무실에서 밤을 보내고, 다음 날 아침 식사 후에 함께 은행에 갔습니다. 제가 직접 은행원에게 수표를 내밀며 가짜임에 틀림없다고 말했지요. 하지만 수표는 진짜였어요."

엔필드가 거기까지 말하자 어터슨은 혀를 끌끌 찼다.

"변호사님도 저와 같은 생각이시지요? 정말 이상하고 좋지 않은 이야기예요. 그자는 아무도 상종하지 않을, 정말 가증스런 인간이었는데, 그 수표에 서명한 사람은 막대한 부자인 데다가 유명한 사람이었어요. 게다가 변호사님 친구였고, 선행을 베푸는 걸로 알려진 사람이었어요. 제 생각에는 아마 협박을 당한 게 아닌가 싶어요. 정직한 사람이 철없던 젊은 시절에 저지른 일로 엄청난 대가를 치르고 있는 거 아니겠어요? 그래서 나는 저 집 문을 '협박의 문'이라고 부르기로 했지요. 하지만 그렇다고 해도 완전히 납득이 되지는 않아요."

그 말을 마친 후 그는 잠시 생각에 잠겼다.

그러자 어터슨이 그에게 말했다.

"수표에 서명을 해준 사람이 저곳에 사는지 아닌지는 모르나?"

"아니, 그 사람이 저런 곳에요? 제가 수표에 쓰인 주소를 눈여겨보았어요. 무슨 스퀘어인가 하는 곳이었지 저기는 아니었어요."

"그렇다면 저 건물에 대해서는 아무것도 물어보지 않았고?"

"네, 물어보지 않았어요. 저는 신중한 사람이거든요. 그런 일에서 자꾸 이것저것 추궁을 하다보면 마치 심판을 내리려는 것 같고 엉뚱하게 일을 그르칠 수도 있어요. 저는 제 나름대로 규칙을 정하고 있답니다. '곤란해 보이는 일일수록 질문을 줄여라.' 이게 제 규칙이랍니다."

"아주 좋은 규칙이로군." 변호사의 말이었다.

그러자 엔필드가 말을 이었다.

"대신 제가 저 집을 직접 조사해보았어요. 건물들이 둘러싸고 있는 공터로 가서 살펴본 거지요. 사실 집이라고 말하기도 민망한 곳입니다. 저 문 외에 다른 문은 없었고, 그자가 가끔 들락거리는 것 외에는 아무도 발길을 하지 않았습니다. 2층에는 안쪽 공터를 향해 창이 세 개 나 있었고, 아래층에는 창문이 없었어요. 2층 창문은 늘 닫혀 있었고 깨끗했습니다. 굴뚝이 하나 있고 거의 언제나 연기가 나고 있었지요. 누군가 저기 살고 있는 게 분명했지만 확실하지는 않았어요. 공터 주위로 건물들이 너무 다닥다닥 붙어 있어서, 건물들 경계를 구분하기 힘들었거든요."

"내, 한 가지만 물어보지. 그 아이를 밟았다는 자의 이름은 알아냈나?"

"그 정도야 말씀드릴 수 있지요. 하이드라는 이름이었습니다."

"음, 그렇다면 그 생김새도 말해줄 수 있겠나?"

"참, 묘사하기가 힘들어요. 뭔가 정상적인 외모가 아닙니다. 뭔가 불쾌하고 혐오스러운 데가 있어요. 그렇게 반감이 드는 사람은 처음이었는데, 왜 그런지 정확히 말씀드릴 수가 없어요. 어딘가 기형인 게 틀림없어요. 뭐라고 꼭 꼬집어 말할 수는 없지만 분명히 기형이에요. 정말 특이하게 생긴 사람인데, 그게 어떤 건지 말로는 표현하기 어려워요. 기억이 안 난다는 게 아니에요. 지금도 그 모습이 눈앞에 생생하게 떠오르거든요."

어터슨은 생각에 잠겨 말없이 얼마 동안 길을 걸었다.

마침내 그가 입을 열었다.

"그래, 그자가 틀림없이 그 집 열쇠를 가지고 있었나? 그걸로 그 문을 열었나?"

"변호사님!" 엔필드가 무슨 그런 질문을 하느냐는 것처럼 놀라서 되물었다.

"알아. 내 질문이 이상하게 들리겠지. 사실을 말해주지. 내가 다른 사람의 이름을 자네에게 묻지 않는 것은 내가 이미 그 이름을 알고 있기 때문이야. 리처드, 자네는 아주 중차대한 일을 이야기한 것이라네. 자네가 해준 이야기 중에 정확하지 않은 게 있다면 수정해주기 바라네."

그러자 엔필드가 언짢은 듯이 말했다.

"그렇다면 미리 말씀 좀 해주시지요. 저는 정말 있는 그대로 말씀드린 겁니다. 그자는 열쇠를 갖고 있었고 아직도 갖고 있어요. 그가 그걸 사용하는 걸 본 지 일주일도 채 안 되었거든요."

어터슨은 한숨을 깊이 내쉬었지만 말은 한 마디도 하지 않았다. 그러자 젊은이가 다시 입을 열었다.

"또 다른 교훈을 얻은 셈이네요. 아무 말도 하지 말 것! 제 입이 가벼웠던 게 부끄럽습니다. 우리 다시는 이 일을 입에 담지 않기로 하지요."

그러자 변호사가 말했다.

"진심으로 동의하네, 리처드. 자, 다짐하는 뜻에서 우리 악수를 나누세."

사실 어터슨은 그 건물이 누구의 것인지 알고 있었다. 그 건

지킬 박사와 하이드 씨

19

물은 친구인 지킬 박사가 최근에 사들인 것으로서, 이전에는 의사가 강의실과 해부실로 사용하던 건물이었다. 그 건물은 마당을 사이에 두고 지킬 박사의 집과 이웃해 있었다.

제2장 하이드를 찾아서

그날 저녁 어터슨은 우울한 기분에 젖어 홀로 사는 집으로 돌아왔다. 그리고 별 입맛도 느끼지 못한 채 저녁을 들었다. 일요일 저녁이면 그는 식사 후 불 옆에 앉아 딱딱한 신학 서적들을 독서대 위에 올려놓고 읽었다. 그리고 이웃 교회에서 자정을 알리는 종소리가 울리면 경건하게 감사하는 마음으로 잠자리에 들곤 했다.

그러나 그날은 식탁보가 치워지자마자 그는 촛불을 들고 집무실로 갔다. 그는 금고를 열고 금고 가장 깊숙한 곳에 놓여 있던 '지킬 박사의 유언장'이라고 쓰인 서류를 꺼냈다. 그러고는 어두운 표정으로 그 내용을 읽었다.

유언장은 지킬 박사가 자필로 작성한 것으로서 의학 박사이며, 법학 박사, 왕립협회 회원인 헨리 지킬이 사망하면 그의 모든 재산을 그의 친구이자 후원자인 에드워드 하이드에게 양도한다는 내용으로 되어 있었다. 또한 '지킬 박사가 실종되거나 3개월 이상 이유 없이 부재하게 되는 경우' 에드워드 하이드가 즉시 지킬 박사의 자리를 대신한다고 적혀 있었다. 약간의 금액을 지킬 박사의 식솔들에게 지불한다고 부기(付記)되어 있었을 뿐, 다른 내용은 없었다.

이 유언장은 오래전부터 그의 눈에 거슬렸었다. 변호사로서뿐 아니라, 건전하고 상식적인 일을 중시하고, 비현실적인 일을 경멸하는 생활인의 입장에서도 도저히 용납하기 어려운 내용이었기 때문이었다. 이제까지 그는 도대체 하이드가 누구인지 모른다는 사실 때문에 분노를 느꼈었다. 그런데 이제 갑자기 그가 누구인지 알게 되었다. 그가 누구인지 모르고 단지 이름만 알았을 때도 충분히 불쾌했는데, 그가 혐오스럽기 짝이 없는 자라는 것을 알게 되었으니 이루 말할 수 없이 불쾌감이 커졌다. 실체를 가리고 있던 안개가 확 걷히고 악마가 그 모습을 드러낸 꼴이었다.

그는 그 못마땅한 유언장을 금고에 넣으며 중얼거렸다.

'미친 짓이라고 생각했었는데, 이제는 창피라도 당할까봐 걱

정해야 할 판이로군.'

그는 코트를 걸친 후 밖으로 나와 캐번디시 스퀘어로 향했다. 친구인 래니언 박사를 찾아가기로 마음먹은 것이다. '그래, 래니언이라면 자초지종을 알지도 몰라'라고 그는 생각했다.

래니언 박사는 식당에 홀로 앉아 와인을 마시고 있었다. 그는 따뜻한 표정을 지닌 말쑥하고 건강한 사람이었다. 혈색은 건강한 붉은색이었으며 나이에 비해 머리는 일찍 하얗게 세어 있었다.

어터슨을 보자 그는 자리에서 벌떡 일어나 반갑게 친구를 맞았다. 둘은 대학까지 줄곧 학교를 함께 다닌 친구 사이였으며, 서로를 존중했고, 둘이 함께 있으면 늘 즐거워했다.

잠시 이런저런 이야기를 나눈 후 어터슨은 자신의 마음을 사로잡고 있는 불쾌한 이야기를 꺼냈다.

"이보게, 래니언, 우리 둘은 헨리 지킬의 죽마고우 아닌가?"

"죽마고우라…… 맞아. 그 소리를 들으니 우리도 늙은 것 같아. 우리가 좀 젊었으면 좋겠군. 그런데 왜? 나 요즘 그 친구 통 못 봤어."

"그래? 난 자네 둘은 관심사가 같아서 자주 볼 줄 알았는데……"

"그랬었지. 하지만 한 10년 전부터 그 친구가 좀 지나칠 정도로 공상(空想)적이 되었어. 뭔가 잘못된 곳에 정신이 팔려 있는 것 같아. 하지만 오랜 친구 사이이니 완전히 관계를 끊지는 않고 계속 관심을 갖고 있다네. 그래도 요즘은 거의 못 만나고 있어. 너무 비과학적인 헛소리를 해댄단 말이야. 제아무리 친한 사이라도 밀어질 수밖에 없어."

래니언의 말을 듣고 어터슨은 약간 뜸을 들인 후에 말했다.

"자네 혹시 그가 후견을 맡고 있는 사람을 만난 적이 있나? 하이드라고 하던가?"

"하이드라고? 아니, 들어본 적 없어. 지금 처음 들어."

변호사가 절친한 친구로부터 들은 정보는 그것이 전부였다. 그는 집으로 돌아온 후 어두운 침대에서 뒤척이며 날이 밝기를 기다려야 했다. 어둠 속에서 복잡한 의문에 사로잡혀 지낸, 꽤나 힘든 밤이었다.

집 가까이 있는 교회에서 6시를 알리는 종이 울렸다. 그때까지도 어터슨은 자신을 괴롭히고 있는 문제에 몰두해 있었다. 이제까지는 이성적으로 모든 것을 판단하려 했으나 이제는 상상력까지 동원해야만 했다. 아니, 차라리 그는 아예 상상력의 노예가 되어버렸다.

커튼이 드리워진 어둠 속에 누워 뒤척이자니 엔필드가 들려준 이야기들이 그림이 되어 그의 눈앞에 펼쳐졌다. 가로등이 줄지어 켜져 있는 도시의 밤. 빠르게 걷고 있는 한 남자의 모습. 의사의 집에서 달려오고 있는 한 어린아이. 둘이 맞닥뜨린다. 그 괴물이 아이를 밟아 뭉개고는 아이가 울부짖는 것도 아랑곳하지 않고 지나가버린다.

이어서 어떤 저택의 방이 떠오른다. 그 방에서 그의 친구가 잠든 채 미소를 지으며 꿈을 꾸고 있다. 그때 방문이 열리며 친구는 잠에서 깨어난다. 오, 맙소사. 그의 곁에는 자신의 모든 권리를 양도해준 사내가 서 있다. 한밤중에도 그 친구는 그 사내의 명령에 따라야 한다.

그 사내는 그렇게 두 장면 속에 번갈아 나타나며 어터슨을 괴롭혔다. 하지만 여전히 그자의 얼굴은 알아볼 수가 없고 그려지지도 않았다. 꿈속에서도 그자의 얼굴은 눈앞에서 녹아내렸다.

그러자 그에게 갑자기 강렬한 욕구가 치솟았다. 그를 직접 보고 싶다는 욕구였다. 그의 얼굴을 한번 보기만 하면 이 모든 수수께끼가 모두 풀릴지도 모른다. 그의 얼굴을 보기만 하면 왜 그의 친구가 그런 굴종을 견뎌야만 하는지, 왜 그런 유언장을 쓰게 되었는지도 밝힐 수 있을지 모른다.

그날 이후 그는 도무지 물리치기 힘든 그 강렬한 욕구에 사로잡혀 상점 골목길에 있는 그 집 문 앞을 맴돌기 시작했다.

"그래, 그의 이름이 하이드라지? 하이드? 발음상으로 숨는다는 뜻이네. 그래, 그의 이름이 '숨는 자'라면 나는 '찾는 자가 되어야겠군'"이라고 그는 혼자 중얼거렸다.

마침내 그의 끈기가 보상을 받았다. 어느 맑은 날 밤이었다. 공기는 차가웠으나 거리는 깨끗했고, 가로등 불빛이 고른 빛과 그림자를 드리우고 있었다. 10시가 되자 상점들은 문을 닫았고 거리에는 인적이 끊겼다. 어터슨이 그렇게 조용한 골목길에 서 있은 지 몇 분이 지났을까, 가까운 곳에서 발자국 소리가 들려왔다. 그는 신경을 날카롭게 세우고 집중했다.

얼마 후 그 발자국 소리는 점점 가까워지더니 이윽고 길모퉁이로 돌아섰다. 앞을 똑바로 바라보고 있던 어터슨의 눈앞에 한 사나이가 나타났다. 아주 작은 키에 평범한 옷차림이었다. 그런데 멀리서 그를 보는 것만으로도 웬일인지 비위가 상했다.

그 사내가 주머니에서 열쇠를 꺼내는 순간 어터슨이 그에게 다가가 가볍게 어깨를 쳤다.

"하이드 씨인가요?"

하이드는 움찔하며 숨을 크게 들이마셨다. 하지만 그가 놀란 것은 잠시뿐이었다. 그는 어터슨을 쳐다보지도 않은 채 냉랭한 목소리로 말했다.

"그렇소. 도대체 왜 그러시오?"

그러자 어터슨이 말했다.

"집으로 들어가시는 길이지요? 나는 지킬 박사의 오랜 친구인 어터슨이라고 합니다. 곤트 스트리트에 살고 있지요. 내 이름은 들어보셨을 것으로 압니다. 마침 이렇게 만나게 되었으니 안으로 들어갈 수 있게 해주시겠지요?"

그러자 하이드가 열쇠를 훅 하고 불면서 대답했다.

"지킬 박사는 만날 수 없을 거요. 지금 집 안에 없소."

그러더니 그가 갑자기 시선을 아래로 하면서 물었다.

"어떻게 나를 알게 된 거요?"

어터슨은 그 말에 대답하지 않고 말했다.

"내 부탁 하나 들어줄 수 있겠습니까?"

"기꺼이. 그래 부탁이 뭡니까?"

"당신 얼굴을 좀 보여주실 수 없습니까?"

하이드는 잠시 망설이는 듯하더니 갑자기 도전적인 자세로 얼굴을 꼿꼿이 세웠다. 두 사내는 그렇게 서로를 잠시 바라보며 서 있었다.

어터슨이 말했다.

"다시 봐도 알아볼 수 있겠네요. 여러 면으로 도움이 되겠어요."

잠시 후 하이드가 입을 열었다.

"그런데 어떻게 나를 알아보았소?"

"설명을 들었지요."

"누구에게?"

"우리 둘 다 아는 친구지요."

"우리 둘 다 아는 친구? 그게 도대체 누구요?"

"말하자면 지킬이라던가……."

어터슨이 그 말을 끝내기도 전에 하이드가 얼굴을 붉히며 소리쳤다.

"지킬은 당신에게 말한 적이 없소. 당신이 거짓말을 할 줄은 몰랐는데……."

"말이 좀 심하신 거 아닙니까?"

하지만 어터슨이 미처 말도 끝내기 전에 하이드는 재빨리 문을 열고 집 안으로 사라져버렸다. 번개 같은 동작이었다.

그가 사라지자 어터슨은 천천히 거리로 나서면서 생각을 가다듬으려고 애를 썼다. 하지만 도무지 종잡을 수가 없었다. 하이드는 창백하고 왜소했다. 기형인 것은 분명했지만 딱히 어디가 비정상이라고 할 만한 데는 없었다. 물론 목소리도 비정상적이었고, 웃는 모습과 웃음소리도 비정상적이었다. 하지만 그것만으로는 그에게서 느껴지는 이상한 혐오감과 불쾌감을 설명하기에 부족했다.

그는 생각했다.

'뭔가 다른 게 있어. 그게 뭔지 알 수만 있다면! 그자는 도무지 인간 같지가 않았어. 무슨 사악한 영혼이 몸을 가지고 나타난 것 같았어. 오, 불쌍한 내 친구, 헨리 지킬! 자네가 새로 알게 된 친구가 바로 악마의 얼굴을 하고 있다니!'

그가 골목 모퉁이를 돌자, 훌륭한 고택들이 들어선 지역이 나타났다. 대부분의 고택들은 대개 아파트와 사무실로 변해 있었지만 모퉁이에서 두 번째 집만은 옛 모습 그대로 온전한 독채 가옥으로 남아 있었다.

어둠에 잠겨 있는 그 집 앞에 서서 어터슨은 문을 두드렸다. 잠시 후 나이 든 하인이 나타나 문을 열어주었다.

하인에게 어터슨이 말했다.

"지킬 박사, 집에 있는가, 풀?"

"안에 계신지 잘 모르겠습니다. 안으로 들어오셔서 잠시 기다리시면 제가 가서 보고 오겠습니다."

어터슨은 하인의 안내로 안락한 홀로 들어갔다. 그는 그 홀에 홀로 남아 잠시 기다렸다. 그가 평소에 지킬 박사에게 런던에서 제일 안락한 곳이라고 말하던 곳이었다. 하지만 하이드의 얼굴이 그의 마음을 짓누르고 있어, 전에 그렇게 따사하게 느껴지던 불빛의 움직임과 그림자들이 왠지 위협적으로만 느껴졌다.

풀이 곧 돌아와 지킬 박사는 외출 중이라고 말했다. 어터슨은 그 소식에 오히려 자신이 안도의 한숨을 내쉬는 것을 깨닫고 스스로 부끄러움을 느꼈다.

"그런데 풀, 하이드 씨라는 사람이 옛 해부실 문으로 들어가는 걸 보았다네. 지킬 박사가 집에 없을 때 그래도 되는 건가, 풀?"

"그럼요, 하이드 씨가 열쇠를 가지고 있는데요."

"자네 주인은 그 젊은이를 무척이나 믿고 아끼는 것 같군, 풀."

"맞습니다, 변호사님. 우리는 모두 그분께 복종하라는 명령을 받았습니다."

"그런데, 나는 왜 하이드 씨를 이곳에서 만난 적이 없는 거지?"

"그럴 겁니다, 변호사님. 하이드 씨는 이곳에서 식사를 하지 않으니까요. 저희도 집에서는 거의 그분을 만나지 못합니다. 주로 연구실 쪽으로만 출입을 하시니까요."

무거운 마음으로 집으로 돌아오면서 어터슨은 생각에 잠겼다.

'불쌍한 헨리 지킬! 정말 큰 곤경에 빠져 있는 거야. 그가 젊었을 때 방종에 빠졌던 걸 나는 알고 있지. 신의 심판에는 공소 시효가 없다더니! 그래, 옛날에 저지른 죄의 망령이 다시 그를 찾아온 거야. 그의 기억 속에서는 이미 지워진 죄에 대한 형벌을 지금 받고 있는 거야.'

어터슨은 그런 생각을 하며 자신의 과거를 되돌아보았다. 다행히 그만하면 흠잡을 것이 없었다. 그는 안도의 한숨을 쉬며 다시 본래의 생각으로 되돌아왔다.

'그래, 조사를 해보면 이 하이드라는 자에게도 뭔가 비밀이 있을 거야. 그자의 얼굴을 보라고. 지킬이 지은 죄와는 비교도 안 되는 죄를 저질렀음에 틀림없어. 그래, 이대로 둘 수는 없어. 그 괴물이 지킬의 침대 옆에서 도둑처럼 뭔가 훔치는 광경은 생각만 해도 끔찍해. 불쌍한 지킬! 깨어날 때마다 얼마나 놀랄까! 그래, 그는 지금 너무 위험해. 그 괴물이 유언장의 존재를 안다면 상속을 빨리 받으려고 무슨 짓을 할지도 몰라. 그래, 내가 나서서 뭔가 해야 해. 아, 지킬이 내가 뭐든지 할 수 있게 해

준다면!'

　다시 한번 그의 마음속에는 기이한 유언장 내용이 너무나 또
렷하게 떠올랐다.

제3장 태평스러운 지킬

2주일 후, 다행스럽게도 지킬 박사가 친한 친구 대여섯 명을 저녁 식사에 초대했다. 어터슨은 친구들이 돌아간 후에도 그대로 남아 있었다. 이전에도 그런 경우가 많았으니 새삼스러운 일은 아니었다.

어터슨을 초대했던 집주인들은 가볍고 수다스러운 손님들이 문지방으로 발걸음을 옮기고 난 이후에도 이 과묵한 변호사를 혼자 붙잡아 놓고 싶어 했다. 그들은 신중한 어터슨과 함께 앉아, 그 침묵과 고독 속에서 방금 전의 요란했던 즐거움으로 인해 생긴 피로감을 풀어버리고 싶어 했다. 지킬 박사도 예외는 아니었다.

지킬 박사는 난로 맞은편에 앉아 있었다. 쉰 살의 건장하고 균형 잡힌 몸매였으며 수염을 깨끗이 깎은 얼굴이었다. 무언가 숨기는 듯한 인상을 풍기기도 했지만 포용력과 친절함을 느낄 수 있는 모습이었다. 어터슨을 바라보는 그의 눈길에는 진정어린 따뜻한 애정이 담겨 있었다.

먼저 입을 연 것은 어터슨이었다.

"자네와 이야기를 좀 하고 싶었네, 지킬."

어터슨이 잠시 뜸을 들인 후 다시 말했다.

"바로 자네 유언장 이야기라네."

지킬 박사의 표정을 유심히 살펴본 사람이라면 그가 이 화제를 그다지 내켜하지 않는다는 것을 금세 눈치챌 수 있었을 것이다. 하지만 그는 곧 유쾌하게 이야기를 풀어나갔다.

"나 같은 고객을 둔 자네가 고생이군. 내 유언장 때문에 그렇게 고민하고 있으니 말일세. 하긴 래니언도 내 과학 이론을 이단이라 부르며 자네만큼 걱정하더군. 그 친구는 너무 완고한 현학자야. 아, 그가 좋은 친구인 건 나도 알아. 그러니 그렇게 인상 찌푸릴 것 없어. 그는 훌륭한 친구이고, 나도 많은 것을 기대하고 있는 게 사실이야. 하지만 그 친구가 편협한 현학자라는 것도 사실이야. 무지하면서 말만 많은 현학자. 내 말에는 귀를 기울이지도 않아. 의심만 하고……. 나는 래니언에게 정말 실망했다네."

"자네, 내가 그것을 찬성하지 않았다는 것 알지?" 어터슨이
지킬의 말을 무시하고 말했다.

"내 유언장 말인가? 암, 알다마다. 자네가 분명히 그렇게 말
하지 않았나?" 조금 날카로워진 지킬의 대답이었다.

"그 이야기를 또 해야겠네. 그 젊은 하이드란 친구에 대해 좀
알게 되었거든."

순간 지킬 박사의 크고 잘생긴 얼굴이 입술까지 창백해졌고
눈가에 침울한 기색이 떠올랐다.

그가 어터슨에게 말했다.

"더 이상 이야기하고 싶지 않네. 그 문제는 화제로 삼지 않기
로 합의하지 않았나?"

"하지만, 내가 들은 이야기가 너무 끔찍해서……."

"아무것도 바꿀 수 없네. 자넨 내 처지를 이해할 수 없어."

그 말을 하면서 지킬 박사는 뭔가 당황하는 듯했다. 그가 말
을 계속했다.

"어터슨, 나는 지금 매우 고통스러운 상황에 처해 있다네. 아
주 기이한 상황이야. 그래, 정말 기이해. 말로는 치료하기 힘든
일들이 이 세상에는 있기 마련 아닌가? 이 일이 바로 그런 일

이라네."

"지킬, 자네 나를 잘 알잖아. 나는 믿을 만한 사람이잖은가? 내게 모든 걸 다 털어놓게. 내가 자네를 곤경에서 빼내줄 수 있을 거야."

"어터슨, 자네는 좋은 친구야. 말만 들어도 정말 고맙네. 이루 말로 표현할 수 없을 만큼 고마워. 물론 나는 자네를 이 세상 누구보다 믿는다네. 심지어 나 자신보다도 믿는다고 할 수 있어. 하지만 이 문제는 자네가 생각하는 정도의 문제가 아니야. 그리고 자네가 생각하듯 그렇게 나쁜 일도 아니야.

자네 마음의 짐을 덜어주기 위해 내 한 가지만 말해주지. 나는 내가 원할 때면 언제고 하이드에게서 벗어날 수 있어. 장담할 수 있어. 자네에게 다시 한번 깊이 감사하네. 그리고 내가 한 마디만 더 하겠네. 언짢아하지 말고 듣게나. 이 일은 내 사적인 문제이니 더 이상 신경 쓰지 말아주게."

어터슨은 잠시 난로의 불길을 바라보더니 일어서며 말했다.

"자네가 전적으로 모든 걸 잘 알아서 하리라고 믿어."

"이왕 이 문제를 건드렸으니 말인데,—사실 이게 마지막이었으면 좋겠네—딱 한 가지 자네가 이해해주었으면 하는 게 있다네. 나는 그 불쌍한 하이드에게 지대한 관심이 있다네. 자네가 그를 만났다는 걸 알아. 하이드를 통해 들었네. 그가 자네에게 무례하지나 않았는지 걱정이야. 하지만 정말 진심으로 하는 말이라네. 난 정말 그 친구에게 큰, 정말로 큰 관심을 갖고 있어. 그러니 어터슨, 만일 내가 어디론가 가버린다면 그 친구를 견뎌내겠다고, 그 친구에게 권리를 찾아주겠다고 약속해줄 수 있겠나? 자네가 모든 걸 다 알게 된다면 그렇게 해주리라고 믿어. 자네가 약속을 해주면 내 마음이 정말 가벼워질 거야."

그러자 변호사가 대답했다.

"그 친구가 좋아지긴 힘들 것 같은데……."

"그러길 원하는 게 아니라네." 지킬은 친구의 팔에 손을 올려놓으며 말했다. "내가 이곳에 없게 되면 나를 위해 그를 도와달라는 것뿐이야."

어터슨은 절로 한숨이 나왔다. 그는 마지못해 말했다.

"좋아, 약속하지."

제4장 커루 살인 사건

　그로부터 1년이 지난 10월, 런던은 유례없는 충격에 휩싸여 있었다. 광포하기 이를 데 없는 살인 사건이 일어난 것이고, 더욱이 희생자의 높은 지위 때문에 더욱 사람들의 주목을 끌었다.

　강 근처에 홀로 살고 있는 어느 하녀 한 명이 밤 11시경 잠자리에 들기 위해 2층으로 올라갔다. 구름 한 점 없는 날씨였고, 보름달이 거리를 환하게 비추고 있었다. 그녀에게는 다소 낭만적인 기질이 있었는지, 그녀는 창가에 놓인 상자 위에 앉아 한동안 몽상에 잠겨 있었다.

　그러던 그녀가 문득 고개를 들어 골목길을 바라보았다. 웬 백발의 품위 있는 노신사가 골목길을 걸어오고 있었다. 그리고 그와 반대 방향에서 난쟁이처럼 키 작은 남자가 다가오고 있었는데, 처음에 그녀는 그에게 별로 주의를 기울이지 않았다.

둘이 서로 말을 나눌 정도로 가까워지자 노신사가 정중하게 인사를 한 후 말을 걸었다. 그다지 중요한 이야기를 나누는 것 같지는 않았다. 손으로 어딘가를 가리키는 것으로 보아 아마 길을 묻고 있는 것 같았다. 하녀는 눈길을 키 작은 사내에게로 옮겼다. 순간 그녀는 깜짝 놀랐다. 하이드 씨임을 알아본 것이다. 하이드 씨는 언젠가 그녀의 주인집에 찾아온 적이 있어서 그녀에게 낯이 익었다. 누구나 그렇듯이 그녀는 그에게 혐오감을 품고 있었다.

하이드는 손에 묵직한 지팡이를 들고 있었다. 그는 지팡이를 만지작거리며, 참아내기 어렵다는 표정으로 노신사의 말을 듣고 있었다. 순간 하녀는 깜짝 놀랐다. 하이드가 갑자기 불같이 화를 내더니, 지팡이를 휘두르며 길길이 날뛰기 시작한 것이다. 깜짝 놀란 노신사가 뒤로 물러나자, 하이드는 그를 지팡이로 때려 넘어뜨리더니 발로 짓밟고 마구 내리치기 시작했다. 마치 성난 고릴라 같았다. 곧이어 뼈가 부러지는 소리가 들렸고, 노신사의 몸뚱이는 차도 위로 내던져졌다. 그 무시무시한 광경을 본 하녀는 그만 그 자리에서 기절해버렸다.

몇 시간 후 겨우 정신이 돌아온 하녀는 곧바로 경찰을 불렀다. 이미 새벽 2시가 되어 있었다. 범인은 사라진 지 오래였고 희생자는 이루 말할 수 없이 처참한 모습으로 길바닥에 누워 있었다. 범죄에 사용된 지팡이는 매우 단단하고 무거운 재질로 되어 있음에도 불구하고 두 동강이 나 있었다. 그중 반 토막이 근처 하수구에 굴러 떨어져 있는 것으로 보아, 나머지 절반은 살인사가 가지고 간 것이 틀림없었다. 희생자가 지니고 있었던 지갑과 금시계는 그대로 남아 있었으며 명함이나 신분증은 없었다. 대신, 봉인을 한 채 우표가 붙어 있는 봉투가 하나 그의 수중에 있었다. 우체국에 붙일 예정이었던 모양으로, 봉투에는 어터슨의 이름과 주소가 적혀 있었다.

다음 날 아침 어터슨은 아직 잠자리에서 일어나기도 전에 경찰의 방문을 받았다. 경찰의 손에는 봉투가 들려 있었다. 얼마 후 어터슨은 아침 일찍 경찰서로 출두했다. 그는 경찰서 안의 시체 안치실로 들어가 시신을 확인한 뒤, 담당 경찰에게 말했다.

"누군지 알겠습니다. 댄버스 커루 경입니다."

그의 말을 들은 경찰이 대경실색했다.

"맙소사! 그분에게 이런 일이 일어나다니!"

커루 경은 평소에도 품위 있는 인격과 행농으로 성성이 나 있던 하원 의원이었다. 다음 순간 경찰의 눈이 직업적 공명심으로 빛났다. 그가 어터슨에게 말했다.

"정말 시끄러워지겠군요. 변호사님께서 범인을 잡는 일을 좀 도와주실 수는 없는지요?"

그 말과 함께 경찰은 하녀가 해준 말을 그에게 들려준 후, 지팡이 반 토막을 보여주었다.

어터슨은 이미 경찰의 입을 통해 나온 하이드라는 이름을 듣고 움찔했었다. 그런데 지팡이를 두 눈으로 보게 되자 더 이상 의심의 여지가 없었다. 비록 부러져 있었지만 그 지팡이는 분명 자신이 몇 년 전에 지킬에게 선물한 것이었다.

어터슨은 잠시 생각에 잠겼다가 고개를 들고 경찰에게 말했다.

"자, 내 마차를 타고 함께 갑시다. 내가 그의 집까지 데려다 줄 수 있을 것 같소."

아침 9시경이었고, 거리에는 짙은 안개가 깔려 있었다. 그런데 바람이 매우 심하게 불어오고 있어서 날씨가 묘했다. 안개가 깔려 있는 쪽은 여전히 밤처럼 어두웠지만, 안개가 밀려난 곳은 아침 햇살이 구름 사이를 뚫고 내비치고 있었다. 그런 기묘한 날씨 속에서 소호의 진창길을 달리자니 마치 무슨 악몽 속에 나오는 도시를 달리고 있는 것 같았다. 게다가 옆에 타고 있는 경찰을 보고, 법과 법 집행자의 두려운 손길을 의식하자 기분이 더 우울해졌다. 때로는 가장 정직한 사람도 무차별 공격의 대상으로 삼는 그 무자비한 손길……

미리 알려준 주소 앞에 마차가 멈추었을 때는 안개가 조금 걷히면서 소호의 거리 모습이 드러나 있었다. 싸구려 술집과 식당, 값싼 샐러드를 파는 가게들이 그 낡은 거리에 늘어서 있었다. 이 더러운 거리에, 헨리 지킬의 25만 프랑의 재산을 상속받을 자가 살고 있었다.

초인종을 울리자, 은발의 노파가 문을 열었다. 사악한 얼굴에 위선으로 꾸민 표정이었지만 어쨌든 태도는 깍듯했다.

그녀가 말했다.

"네, 여기가 하이드 씨 댁 맞습니다. 하지만 지금은 안 계십니다. 어젯밤 아주 늦게 들어왔다가 한 시간도 안 돼서 나가셨어요."

그러면서 그녀는 그게 그렇게 이상한 일이 아니라는 것, 하이드 씨는 아주 자주 집을 비우며, 어제도 거의 두 달 만에 그의 모습을 본 것이라고 말했다.

어터슨 변호사가 노파에게 말했다.

"잘 알았어요. 그렇다면 그의 방을 한번 봤으면 하는데요."

노파가 그건 불가능하다고 말하자 어터슨은 곁에 서 있는 경찰을 가리키며 말했다.

"이분이 누군지 알고 하는 소리요? 이분은 런던 경시청의 뉴커먼 경위요."

결국 노파는 우리를 안으로 안내할 수밖에 없었다. 집 안은 텅 비어 있었다. 하이드는 두 개의 방만을 사용하고 있었다. 방은 매우 고급스럽고 훌륭하게 꾸며져 있었다. 와인들이 벽장에 가득 차 있었으며, 은 접시들이 가지런히 놓여 있었다. 벽에는 보기 좋은 그림들이 걸려 있었다. 분명 그림에 안목이 있는 지킬이 선물한 것 같았다.

그런데 방에는 다급하게 무언가를 뒤진 흔적이 역력했다. 주머니가 뒤집힌 옷들이 바닥에 널려 있었고, 서랍들은 열린 채였다. 그리고 벽난로에는 종이들을 태운 재가 수북이 쌓여 있었다. 경위가 타다 남은 잿더미를 뒤졌더니 수표책 조각이 나왔다. 그리고 문 뒤에서 부러진 지팡이 토막을 발견했다. 모든 것이 확실해졌다.

하이드의 집을 나온 어터슨과 경위는 은행으로 가서 하이드의 잔고를 확인했다. 살인자에게는 아직 수천 파운드의 잔고가 남아 있었다. 그러자 경위가 확신에 찬 표정으로 어터슨에게 말했다.

"이제 놈은 우리 손아귀에 있습니다. 아마 정신이 나갔던 모양입니다. 그러니 지팡이를 두고 나가지요. 게다가 수표책을 태우다니요. 하지만 돈 없이 살 수는 없지요. 우리는 은행에서 놈을 기다리기만 하면 됩니다. 물론 수배 전단도 돌려야지요."

제5장 편지 사건

다음 날 늦은 오후 어터슨의 발길은 지킬 박사의 집을 향하고 있었다. 그를 맞이한 풀은 주방과 마당을 가로질러 실험실 혹은 해부실이라고 알려진 건물로 그를 안내했다. 지킬 박사는 유명한 외과 의사의 상속자로부터 최근 그 건물을 사들였다. 그리고 그의 관심은 해부보다는 화학에 있었기에 정원 안쪽에 있는 그 건물을 용도에 맞게 변형시켰다.

지킬 박사가 친구 어터슨을 그 건물에서 맞이한 적은 이제까지 단 한 번도 없었다. 건물 안으로 들어서자 어터슨은 창문도 없는 우중충한 건물 내부를 호기심 어린 눈길로 바라보았다. 한 때는 열정적인 학생들로 가득 찬 곳이었겠지만 지금은 적막이 떠돌고 있는 가운데 화학 기기들이 놓인 탁자들, 나무 상자들만 널려 있을 뿐이었다. 강의실 끝에 계단이 있었고, 그 계단 위에 붉은색 천을 입힌 문이 있었다.

그 문을 지나자 어터슨은 마침내 지킬 박사의 집무실로 들어섰다. 유리문이 달린, 서가가 죽 늘어서 있는 커다란 방이었는데, 가구들 중에서는 특히 전신 거울이 눈에 들어왔다. 방에는 건물들 한가운데 안쪽 공터를 향해 세 개의 창문이 나 있었고, 먼지투성이 창문에는 쇠창살이 달려 있었다. 벽난로에는 불이 지펴져 있었고, 굴뚝 위 선반에는 등불이 켜져 있었다. 지킬 박사는 벽난로 온기 가까이 있었는데, 완전히 병자처럼 보이는 얼굴이었다. 그는 손님을 맞으러 자리에서 일어나지도 못한 채 차가운 손을 내밀며 어서 오라고 인사를 건넸다. 어터슨은 그 목소리가 평소의 목소리와는 다르다는 것을 금세 알아차렸다.

답례 인사를 한 어터슨이 풀이 나가자마자 지킬 박사에게 말했다.

"그래, 자네도 소식을 들었겠지?"

박사가 몸서리를 쳤다.

"사람들이 광장에서 큰 소리로 떠드는 걸 식당에 앉아서 들었네."

"간단히 말하겠네. 커루 경은 내 고객이었네. 그리고 자네도 내 고객이고……. 자, 내가 어떻게 해야 한다고 생각하나? 이런데도 그자를 숨겨줄 만큼 정신이 나간 건 아니겠지?"

그러자 지킬 박사가 거의 외치다시피 말했다.

"어터슨, 내, 하느님께 맹세하네. 다시는 그자를 보지 않겠어. 이제 그자와는 영영 끝장이라는 것을 내 명예를 걸고 자네에게 다짐하겠네. 그래, 이제 정말 끝이야. 그리고 사실상 그자는 내 도움을 원치도 않아. 자네는 그자에 대해 나만큼 잘 알지 못해. 그자는 위험하지 않아. 이제 더 이상 피해를 입히지 않을 거야. 내 말을 믿어. 이제 더 이상 그자 이야기를 듣는 일은 없을 걸세."

변호사는 우울한 기분에 젖어 친구의 말을 듣고 있었다. 어터슨은 그가 그렇게 열을 내서 말하는 것이 언짢았다.

"자네, 그자에 대해 정말 확신에 차 있는 것 같군. 자네 말이 틀림없기를 바라네."

"믿어도 돼. 몇 가지 근거가 있어. 하지만 누구에게도 말해줄 수는 없는 것들이야. 다만 한 가지 자네 조언이 필요한 게 있다네. 내가 방금 전 편지 한 통을 받았지. 그런데, 그걸 경찰에게 보여야 할지 말아야 할지 잘 판단이 서지 않아서……. 어터슨, 내가 자네에게 그 편지를 맡기겠네. 자네가 알아서 현명하게 판단해주리라 믿어."

"어디 그 편지를 좀 보여주게."

지킬 박사가 편지를 건네주었고, 어터슨은 편지를 읽었다.

편지는 마치 손을 곧추 세워 쓴 듯 어색한 필체였고, '에드워드 하이드'라는 서명이 있었다. 은인인 지킬 박사가 베푼 한없는 관대함에 대해 제대로 보답을 하지 못했다는 것, 자기 혼자확실히 지낼 곳이 있으니, 자신의 안전에 대해서는 조금도 걱정할 필요가 없다는 간단한 내용이었다. 변호사는 그 편지에서, 자기 친구와 하이드와의 관계가 자기가 생각했던 것만큼 친밀한 것은 아니었음을 확인하고 어느 정도 마음이 놓였다. 그는자신이 친구를 지나치게 의심했다고 생각하고 부끄러워졌다.

편지를 챙기며 어터슨이 친구에게 물었다.

"그런데, 봉투는 어디 있나?"

"태워버렸어. 인편으로 온 거라, 우표도 없었다네."

그러자 어터슨은 다시 두려워졌다. 그는 생각했다.

'그렇다면? 하이드가 직접 이 실험실로 가져왔단 말인가? 혹은 이 서재에서 쓴 게 아닐까? 그렇다면 사태가 그렇게 간단한 게 아닌데…….'

얼마 후 어터슨은 자신의 집 난로 옆에 앉아 있었다. 그의 반대편에는 변호사 사무실 사무장인 게스트가 앉아 있었다. 아늑한 불빛 아래서 오래된 좋은 와인을 음미하고 있자니, 어터슨의 마음이 조금은 누그러졌다.

그는 게스트를 바라보았다. 그는 게스트를 전적으로 신뢰하고 있었으며 그에게는 감추는 것이 거의 없었다. 때로는 비밀로 해야겠다고 마음먹었던 일도 게스트 앞에서는 뜻대로 되지 않은 경우가 많았다. 편지를 게스트에게 보여주면 어떨까 하는 생각이 갑자기 들었다. 혹시 그가 이 미스터리를 풀 수 있지 않을까? 그는 훌륭한 학생이며 필체 전문가이고, 무엇보다 사무실의 사무장이 아닌가? 편지를 보여주고 상의하는 게 그다지 이상한 일도 아니지 않은가? 편지를 읽고 나면 분명히 그가 한두 마디 할 것이고, 거기서 앞으로 어떻게 해야 할지 실마리를 잡을 수도 있지 않을까?

그가 넌지시 말을 꺼냈다

"댄버스 커루 경의 일은 정말 안됐어."

"사실입니다. 사람들이 모두 흥분해 있습니다. 그놈은 분명 미친놈일 겁니다."

"그 점에 대해서 자네 의견을 좀 듣고 싶어. 우리 둘만의 이야기인데, 실은 그자가 직접 쓴 글을 내가 가지고 있다네. 그런데 이걸 어떻게 해야 할지 판단이 서지 않아. 자, 여기 있으니 자네가 자네 방식대로 한번 봐줄 수 있겠나?"

게스트는 눈을 빛내더니 자리에 앉아 열심히 편지를 들여다 보기 시작했다.

잠시 후 그가 말했다.

"변호사님, 미친 게 아니군요. 하지만 정말 이상한 필체입니다."

그때였다. 하인이 문을 두드리고 들어오더니 쪽지를 어터슨에게 건네주었다. 지킬 박사가 보낸 저녁 초대 편지였다. 쪽지를 흘낏 본 게스트가 말했다.

"지킬 박사님에게서 온 거로군요. 제가 그분 필체를 알지요. 사적인 내용인가요, 변호사님?"

"아니, 그냥 식사 초대장이야. 왜, 한번 보고 싶은가?"

"좀 의문 나는 게 있어서요. 잠깐이면 되겠습니다."

어터슨이 쪽지를 건네주자 게스트는 두 장의 종이를 나란히 놓고 꼼꼼하게 살펴보기 시작했다. 그리고 둘 다 어터슨에게 건네주면서 말했다.

"잘 봤습니다. 아주 흥미롭습니다."

잠시 침묵이 흘렀다. 어터슨은 마음을 진정시키느라 힘이 들었다.

어터슨이 불쑥 게스트에게 물었다.

"자네, 왜 두 필체를 비교해보았나?"

"변호사님, 두 필체는 분명히 닮았습니다. 같은 손으로 쓴 게 틀림없습니다. 손을 기울인 각도만 다를 뿐입니다."

"그거 정말 이상한 일이군."

"네, 변호사님 말씀대로 이상한 일입니다."

그러자 변호사가 신중한 눈빛으로 말했다.

"나라면 이 사실에 대해 절대로 입 밖에 내지 않겠네. 자네도 알겠지?"

"물론입니다, 변호사님."

밤에 홀로 있게 되자 어터슨은 편지를 금고에 넣고 잠갔다. 그런 후 그는 중얼거렸다.

"세상에! 헨리 지킬이 살인자를 위해서 위조 편지를 쓰다니!"

그는 차가운 피가 그의 혈관 속을 흐르는 것처럼 느껴졌다.

제6장 래니언 박사의 죽음

시간이 흘렀고 수천 파운드의 현상금이 걸렸다. 댄버스 경의 죽음에 대해 시민들은 공분(公憤)을 느끼고 있었다. 하지만 하이드는 마치 이 세상에 존재하지도 않던 것처럼 경찰의 시야로부터 사라져버렸다. 실제로 그의 과거에 대해서는 알려진 것이 하나도 없었고 오로지 그에 대한 나쁜 평판들만 남아 있을 뿐이었다. 그가 잔인하고 폭력적이며 냉혈한이라는 이야기, 그의 비열한 생활에 대한 이야기, 그가 이상한 사람들과 어울렸다는 이야기, 그의 이력을 둘러싼 원한과 증오의 이야기들이 흘러나왔지만, 정작 그가 지금 어디에 있는가에 대한 이야기는 단 한 마디도 없었다. 살인 사건이 있던 날 아침 소호에 있는 집을 떠난 이후, 그는 흔적도 없이 사라져버렸다.

그런 가운데 시간이 흐르면서 어터슨은 점차 평온을 되찾았다. 그가 생각하기에 하이드가 그렇게 사라짐으로써 댄버스 경의 죽음은 어느 정도 보상을 받은 것 같았다. 게다가 그 악마가 물러가자 지킬 박사에게 새로운 삶이 시작되었다. 그는 은둔 생활에서 벗어나, 친구들과 새롭게 교류를 하기 시작했다. 그는 친구들의 초대에 기꺼이 응했고, 손님들을 초대해 환대했다. 이전에 자선을 많이 베푸는 것으로 널리 알려져 있던 그는 이제 활발한 종교 활동을 하는 것으로도 유명해졌다. 그는 바빴고 자주 외출을 했으며, 선행을 베풀었다. 그의 내부에 남을 위해 봉사하겠다는 마음이 가득 차 있는 듯, 그의 얼굴 표정은 늘 활짝 밝았다. 그렇게 두 달 이상을 지킬 박사는 평화롭게 지냈다.

1월 8일 저녁, 어터슨은 몇몇 사람과 어울려 지킬 박사의 집에서 만찬을 함께 했다. 그 자리에는 래니언 박사도 있었다. 지킬은 떼려야 뗄 수 없던 친구 사이로 지내던 옛 시절처럼 두 사람을 다정한 얼굴로 바라보았다.

그런데 급작스런 변화가 찾아왔다. 1월 12일에 변호사가 지킬을 찾아가니 문은 굳게 닫혀 있었다. 1월 14일도 마찬가지였다. 그를 문간에서 맞이한 풀은 이렇게 말했다.

"박사님은 안에 칩거해 계십니다. 아무도 만나고 싶지 않으시답니다."

다음 날 다시 찾아갔지만 역시 거절당했다. 지난 몇 달 동안 함께 즐거움을 나누던 친구가 갑자기 이렇게 변해버리다니! 어터슨은 마음이 무거웠다. 그의 발길은 저절로 래니언 박사를 향했다.

래니언 박사는 최소한 그에게 돌아가라는 소리는 하지 않았다. 하지만 그도 놀랄 만큼 변해 있었고 어터슨은 그 모습에 충격을 받았다. 마치 사형 선고를 받아 놓고 있는 사람의 얼굴 같았다. 불그레하던 혈색은 어디론가 사라지고 창백한 얼굴을 하고 있었으며, 바짝 야위어 있었다. 눈에 띄게 머리숱이 적어졌고 나이가 들어보였다. 하지만 정작 변호사의 시선을 사로잡은 것은 순식간에 삭아버린 그의 외모가 아니었다. 어터슨은 래니언의 눈빛과 태도에서, 그의 마음 깊은 곳에 공포가 도사리고 있음을 알았다. 도무지 영문을 알 수 없는 일이었으며, 놀라운 일이었다.

어터슨은 죽음을 두려워할 래니언 박사가 아님을 잘 알고 있었다. 하지만 아무리 보아도 래니언 박사는 죽음의 공포에 사로잡혀 있는 사람 같았다.

어터슨은 생각했다.

'그래, 저 친구는 의사지. 그래서 자기 상태를 잘 알 것이고, 자기 삶이 얼마나 남았는지도 알 수 있을 거야. 그러니 더 견디기 힘든 걸 거야.'

어터슨이 래니언에게 어디가 불편하냐고, 얼굴이 말이 아니라고 말하자, 래니언은 아주 담담하게 자신이 머지않아 죽을 것이라고 말한 후 덧붙였다.

"난 심한 충격을 받았어. 다시 회복되지 못할 거야. 이제 몇 주일 안 남았어. 괜찮은 인생을 산 셈이야. 만족해. 가끔 난 생각한다네. 우리가 모든 것을 다 안다면 차라리 이 세상을 떠나고 싶어질 거라고."

어터슨은 래니언의 모습을 보고 가슴이 아팠지만 찾아온 용건을 말하지 않을 수 없었다.

"지킬도 아프다네. 근래에 만난 적 있나?"

어터슨의 말에 래니언의 낯빛이 변하더니 떨리는 손을 들어 올리며 말했다.

"난 이제 그 친구를 만나는 건 고사하고, 이야기를 듣는 것조차 싫어. 그와는 이제 끝났어. 자네도 그 친구 이야기를 더 이상 하지 않길 바라네. 난 이제 그 친구는 죽은 걸로 여기기로 했어."

어터슨이 혀를 끌끌 차며 말했다.

"이보게, 우리 셋은 죽마고우 아닌가? 우리가 이제 와서 친구를 새로 사귈 수도 없고."

"다 소용없는 일이야. 자네가 직접 물어보게."

"나를 만나주지도 않아."

"놀랄 일도 아니지. 어터슨, 언젠가 내가 죽은 다음에 시시비비가 가려질 거라네. 지금은 말해줄 수 없어. 그러니 제발 다른 이야기를 나누세. 그렇지 않을 거면 가줬으면 좋겠네. 그 친구에 관한 이야기는 더 이상 견딜 수가 없어."

집으로 돌아온 어터슨은 지킬에게 왜 자신을 만나주지 않는지, 어떻게 해서 래니언과 그런 사이가 되었는지 따지는 편지를 썼다. 그러자 지킬에게서 장문의 답장이 왔다. 감상적인 표현이 다분히 섞여 있었으며, 이해하기 어려운 모호한 표현도 많았다. 그는 편지에서 이렇게 썼다.

'래니언과의 다툼은 이제 되돌릴 수 없네. 하지만 그를 비난할 생각은 추호도 없어. 다만 우리가 앞으로 만나지 못하리라는 그의 말에는 동의하네. 내가 이제 완전히 은둔 생활로 들어갈 것이니 말일세. 내가 자네를 만나주지 않더라도 놀라거나 우리의 우정을 의심하지 말게. 자네는 내가 이러는 걸 견뎌내야만 하네. 나는 나 자신에게, 차마 밝힐 수 없는 형벌과 위험을 자초했다네. 나는 이 세상에 이토록 끔찍한 고통과 공포가 존재하리라고는 생각하지 못했다네. 어터슨, 이 가혹한 운명의 무게를 덜어주기 위해서라도, 내 침묵을 존중해주기 바라네.'

어터슨은 놀랄 수밖에 없었다. 이제 하이드의 족쇄에서 벗어나, 예전처럼 다정한 친구로 돌아왔던 지킬이 아니던가? 일주일 전만 해도, 이제 그들 앞에 즐거운 미래가 기다리고 있을 것이라고 낙관하고 있지 않았는가? 그런데 순식간에 모든 것이 무너져 내리다니! 그 변화가 너무 놀랍고 급작스러워서 어터슨은 혹시 지킬이 미친 것은 아닌지 의심스러웠다. 하지만 래니언의 태도로 보아 뭔가 더 깊은 이유가 있는 것이 분명했다.

일주일 후 래니언 박사는 아예 몸져누웠고 그로부터 채 2주일도 되지 않아 세상을 떠났다.

장례식에서 돌아온 어터슨은 슬픔에 잠겨 집무실에 홀로 앉아 있었다. 그의 손에는 고인이 그에게 남긴 편지가 들려 있었다. 래니언이 세상을 뜨기 직전 인편으로 그에게 보낸 편지였다. 그가 봉투를 열어보니 안에 봉인이 된 또 다른 봉투가 있었고 봉투 겉에는 '헨리 지킬 박사가 죽거나 실종되기 전까지는 열어보지 말 것'이라고 쓰여 있었다.

어터슨은 겉봉에 쓰인 '실종'이라는 단어를 보고 자신의 눈을 의심했다. 그 이상한 유언장에서 지킬이 썼던 단어를 래니언이 똑같이 사용하고 있는 것이다. 지킬이 썼던 '실종'이라는 단어는 분명, 하이드라는 자에 대한 온갖 불길한 추측과 연관되어 해석할 수 있었다. 그 단어는 그자가 노리고 있는 것과 관련이 있었다. 그런데 래니언이 사용한 '실종'이라는 단어는 무엇을 암시하고 있는 것일까?

어터슨은 너무나 궁금해서 당장 편지를 열어보고 싶었다. 하지만 그에게는 고인의 부탁을 엄중히 지켜야 할 의무가 있었다. 변호사라는 직업상 책무로 보아도 그러했고, 친구와의 우정을 생각해도 그러했다.

이후 어터슨은 지킬을 몇 차례 더 방문했다. 그는 여전히 친구로서의 순수한 우정에서 지킬을 염려했기에 그를 방문했다. 그러나 그 우정은 이전의 우정과는 무언가 달랐다. 그 우정에는 불안과 두려움이 뒤섞여 있었던 것이다.

물론 어터슨은 지킬을 만나지 못했다. 그를 만나러 찾아갔으면서도 거절을 당하면 어터슨은 차라리 마음이 편했다. 이제 그는 스스로 유폐를 자처한 친구와 단둘이 은밀하게 이야기를 나눈다는 것이 은근히 두려워진 것이다.

풀의 말에 의하면 이제 지킬은 실험실 안쪽 서재에 처박혀 지내고 있었고, 아예 잠도 거기서 잔다는 것이었다. 그리고 무언가 깊은 고민에 빠져 있는 것 같다고 풀은 말했다. 방문할 때마다 똑같은 소리를 되풀이해서 듣다 보니 어터슨의 방문 횟수도 점차 줄어들었다.

제7장 창가에서 본 모습

일요일이면 늘 그랬듯이 어터슨은 엔필드와 함께 거리를 산책하고 있었다. 그들은 그 뒷골목을 지나면서 걸음을 멈추고 문제의 집 문을 바라보았다.

엔필드가 어터슨에게 말했다.

"이제 이전의 그 시끄러운 사건은 어쨌든 끝난 셈이군요. 다시는 하이드를 보지 못하겠지요."

"그랬으면 좋겠네. 내가 그자를 만났다는 이야기를 했던가? 정말 혐오스럽더군."

"안 그렇다면 이상하지요. 그런데 제가 참 멍청했지요? 이 문이 바로 지킬 박사 댁의 뒷문이란 생각을 못 했으니까요."

"우리 안쪽 공터로 들어가서 창문으로 한번 살펴볼까? 지킬이 걱정돼서 그런다네."

건물 안쪽 공터는 매우 쌀쌀했고 공기가 눅눅했다. 아직 저녁놀로 밝은 때였지만 마당은 어스름했다. 세 개의 창 가운데 하나가 반쯤 열려 있었다. 그런데 그 창문 가까이 앉아 있는 지킬 박사의 모습이 보였다. 마치 한없는 슬픔에 잠겨 바람을 쐬고 있는 죄수와 같았다.

어터슨이 큰 소리로 외쳤다.

"어이, 지킬! 몸이 좀 나아진 모양이네!"

그러자 지킬이 아래를 내려다보며 대답했다. 쓸쓸한 모습이었다.

"아니야, 더 안 좋아. 정말 안 좋아. 하지만 고맙게도 그렇게 오래 가진 않을 거야."

"자네, 너무 집 안에만 처박혀 있어. 우리들처럼 밖으로 나와서 혈액 순환을 좀 시켜야지. 자, 어서 나오게. 얼른 모자를 쓰고 우리랑 한 바퀴 돌자고."

그러자 지킬 박사가 한숨을 내쉬며 말했다.

"자네는 참 좋은 친구야. 나도 정말 그러고 싶다네. 하지만, 하지만, 그건 불가능해. 그럴 수 없어. 어쨌든 어터슨 자네를 보게 돼서 정말 기쁘다네. 정말로 반가워. 마음 같아서는 두 분 모두 이리로 들어오라고 하고 싶네. 하지만 지금은 그럴 형편이 아니야."

"정 그렇다면, 우리가 여기 서서 자네와 이야기를 나누는 게 좋겠군."

"그렇지 않아도 그러자고 할 참이었네."

그 말을 하면서 지킬 박사는 미소를 지었다. 하지만 그의 얼굴에 미소가 떠오른 것은 잠시뿐이었다. 그 말이 끝나기 무섭게 그의 얼굴에서 미소가 사라지더니 절망과 공포의 모습으로 변했다. 그 모습을 보고, 밖에 서 있던 두 사람은 그대로 얼어붙는 것 같았다. 그들은 그 모습을 순간적으로 보았을 뿐이었다. 지킬 박사가 황급히 창문을 닫았던 것이다. 하지만 그것만으로도 충분했다.

그들은 돌아서서 아무 말 없이 그곳을 떠났다. 그들은 아무 말 없이 골목길을 빠져나왔다. 이윽고 큰 길에 나서자 어터슨이 엔필드를 향해 몸을 돌리고 돌아보았다. 큰길에는 사람들이 북적이고 있었다. 두 사람의 얼굴은 모두 창백했으며 두 눈에는 공포가 어려 있었다.

"오, 맙소사! 하느님 맙소사!"

어터슨이 신음하듯 말했다.

하지만 엔필드는 심각하게 머리만 끄덕였을 뿐, 아무 말 없이 걸음을 재촉했을 뿐이었다.

제8장 마지막 밤

그 일이 있고 난 후 며칠이 지났을 때였다. 저녁 식사 후 어터슨이 벽난로 앞에서 쉬고 있는데 놀랍게도 지킬 박사의 집사인 풀이 찾아왔다.

"아니, 풀, 갑자기 웬일인가? 박사가 아픈가?"

"변호사님, 뭔가 안 좋은 일이 벌어진 것 같습니다."

"자, 우선 앉아서 와인이라도 한 잔 들지. 좀 진정하고 천천히 알기 쉽게 말해보게."

어터슨은 풀에게 와인을 한 잔 따라주었다.

"박사님이 어떻게 하고 계신지는 변호사님도 아시지요? 두문불출하고 계신 것 말입니다. 정말로 서재에만 틀어박혀 지내십니다. 불길합니다. 불안해서 죽을 지경입니다. 무섭습니다."

"이 사람아, 좀 분명히 말하게. 뭐가 무섭단 말인가?"

"일주일 전부터 무서웠습니다. 그리고 이제는 더 견디기 어렵습니다."

풀은 애써 어터슨의 눈길을 피하고 있었으며 와인도 입에 대지 않았다. 그의 태도가 무언가 심상치 않음을 여실히 보여주고 있었다. 어터슨이 다시 재촉하자 그가 입을 열었다.

"정말로 더 이상은 견딜 수가 없어요. 무슨 끔찍한 짓이 벌어진 것 같아요."

"끔찍한 짓이라니! 도대체 무슨 말을 하고 있는 건가?"

"감히 입에 담을 수가 없어요. 나리께서 직접 가보시는 게 어떻겠습니까?"

어터슨은 대답 대신 얼른 모자를 쓰고 코트를 걸쳤다. 그 모습을 보고 풀의 얼굴에 안도의 빛이 떠올랐다.

아직 춥고 황량한 3월의 밤이었다. 마치 불어오는 바람에 그렇게 된 듯, 창백한 달이 비스듬히 누워 있었다. 바람이 하도 강해서 이야기를 나누기도 힘들 정도였다. 거리에는 인적이 없었다. 어터슨은 런던의 이 지역에 이렇게 사람이 드문 경우는 처음이라는 생각에 차라리 사람들이 북적거렸으면 좋겠다고 생각했다. 그리고 그냥 보통 때 저녁 같았으면 좋겠다고 생각했다. 자신이 아무리 부정하려 해도 뭔가 무서운 일이 벌어진 것 같았기에, 더욱 강하게 그런 생각이 들었던 게 틀림없었다.

그들이 스퀘어에 도착했을 때, 사방은 온통 바람과 먼지뿐이었다. 줄곧 몇 걸음 앞서가던 풀은 추위에도 불구하고 모자를 벗어 손수건으로 눈 밑을 훔쳤다. 하지만 그가 닦아낸 것은 땀이라기보다는 고뇌로 인해 흘러나온 물기라고 하는 게 옳았다. 그의 얼굴은 하얗게 질려 있었다.

그가 기운 없는 목소리로 말했다.

"다 왔네요. 제발 아무 일도 없었으면······."

"나도 그러길 바라네, 풀."

풀이 매우 조심스럽게 문을 두드렸고, 얼마 후 하인 한 명이 문을 열어주었다. 그들이 안으로 들어가니 홀이 환하게 밝혀져 있었고 벽난로 불도 활활 타오르고 있었으며, 난로 주변에 집 안의 모든 하인과 하녀들이 양 떼처럼 모여 있었다. 어터슨을 보자 가정부가 발작적인 울음을 터뜨렸고, 요리사가 마치 어터슨을 안기라도 하려는 듯 앞으로 달려 나오며 "어터슨 변호사님! 오, 하느님 감사합니다!"라고 소리쳤다.

어터슨은 그들이 요란을 떨자 역정이 났다.

"보기 흉하게 왜들 이러는 거야! 주인님이 보면 안 좋아하실 거야."

그러자 풀이 대답했다.

"모두 무서워서 그러는 겁니다, 나리."

그러더니 풀은 하인과 하녀들을 향해 "조용히들 못해!"라고 고함을 질렀다. 그의 고함 소리에는 그의 심경이 고스란히 담겨 있었다. 그들이 겁에 질린 모습과 하녀의 울음소리에 그의 마음도 심하게 동요가 되었던 것이다.

이어서 풀이 사동 아이에게 말했다.

"촛불을 좀 갖다줘. 변호사님과 함께 가봐야겠어."

그는 촛불을 들고 어터슨에게 정중하게 따라와 달라고 말한 후 뒤편 마당 쪽으로 길을 잡았다.

어터슨은 온 신경이 곤두서서, 거의 평정심을 잃을 정도였다. 하지만 그는 마음을 다잡고 풀의 뒤를 따라 실험실로 향했다. 상자와 병들이 그득 들어차 있는 원형 강의실을 지나 그들은 계단 끝에 있는 문 앞에 도착했다. 그곳에 이르자 풀은 어터슨에게 한쪽으로 물러서서 귀를 기울여보라고 몸짓으로 전했다. 그런 후 풀은 촛불을 내려놓은 후, 작심이라도 한 듯 문을 두드리며 말했다.

"어터슨 변호사님이십니다. 주인님을 뵙고 싶어 하십니다."

그 말을 하면서 풀은 다시 한번, 주의 깊게 들어보라는 신호를 보냈다.

그러자 안에서 대답하는 목소리가 들렸다.

"아무도 만날 수 없다고 전해." 짜증이 섞인 목소리였다.

"알겠습니다, 박사님."

풀의 목소리에 어딘가 의기양양해 하는 기색이 들어 있었다. 그는 다시 촛불을 들더니 어터슨을 데리고 마당을 가로질러 커다란 부엌으로 들어갔다. 부엌에 불기는 전혀 없었고 딱정벌레들만이 기어 다니고 있었다.

부엌으로 들어가자마자 풀이 어터슨을 똑바로 쳐다보며 말했다.

"나리, 박사님 목소리가 맞던가요?"

"목소리가 많이 변한 것 같아." 어터슨이 풀의 시선을 받으며 말했다. 그의 얼굴은 창백했다.

"변했다고요, 나리? 그렇지요. 저도 그렇게 생각합니다. 제가 이 댁에서 20년 동안이나 있었는데 박사님 목소리를 모르겠습니까? 절대로 박사님 목소리가 아닙니다. 그렇습니다, 나리! 주인님은 돌아가셨습니다. 제가 보기에는 일주일 전에 돌아가셨습니다. 그날, 주인님께서 큰 소리로 하느님을 찾는 소리를 들었습니다. 그렇다면 저 안에는 주인님 대신 누가 있는 걸까요? 그리고 왜 저기 있는 걸까요? 나리, 하느님께 큰 소리로 묻고 싶은 심정입니다."

"풀, 정말 이상한 이야기로군. 차라리 말도 안 되는 이야기라고 하는 게 낫겠어." 어터슨이 손톱을 깨물며 말했다. "자네 말대로 지킬 박사가 살해되었다고 치세. 하지만 자네 말마따나 살인자가 도대체 왜 저곳에 그대로 있는 건가? 말이 안 돼. 도무지 이치에 닿지 않는단 말이야."

"나리, 나리 같은 분을 납득시키기는 쉽지 않겠지요. 하지만 제 말을 더 들어보세요. 이번 주 내내 그놈은(누구를 말하는지 아시겠지요?), 혹은 그것은, 글쎄 그놈이건 그것이건, 저 안에 살고 있는 것은, 밤이건 낮이건 제게 약품을 구해 오라고 소리를 쳐댔답니다. 그리고 아무리 시키는 대로 해도 만족해하지 않았어요. 어떤 때는 종이에 써서 계단 밑으로 던질 때도 있었습니다. 주인님이 종종 쓰시던 방법이지요.

그런데 우리는 이번 주 내내 그 종이만 볼 수 있었을 뿐입니다. 식사를 방문 앞에 갖다 놓으면 아무도 보지 않는 사이에 몰래 안으로 가지고 들어갔습니다. 게다가 하루에도 두세 번씩 주문서 종이를 내놓았고, 주문한 것을 사오면 늘 불평을 했습

니다. 그 때문에 제가 런던 시내에 안 돌아다닌 화학 약품 도매
상이 없을 정도였습니다. 제가 약품을 사오면 곧이어 반품하라
는 쪽지가 문 앞에 놓였습니다. 약품에 불순물이 섞여 있다는
겁니다. 그러고는 다른 도매상으로 심부름을 시켰습니다. 뭔가
절박하게 필요했던 모양입니다."

어터슨이 풀에게 물었다.

"혹시 그 종이들 중 갖고 있는 게 없나?"

"마침 모우 상점 주인이 읽어보고 화를 내면서 제게 다시 던
져준 쪽지가 있습니다."

그 말과 함께 풀은 주머니를 뒤져 구겨진 쪽지 하나를 꺼내어
어터슨에게 전해주었다. 어터슨은 그 쪽지를 촛불 가까이 가져
가서 읽었다. 그 쪽지에는 다음과 같은 내용이 적혀 있었다.

지킬 박사가 모우 씨에게 감사를 드리며,
지난번에 보내주신 샘플에는 불순물이 섞여 있어, 원하
는 용도로 사용할 수 없었습니다. 그 화학 약품은 제가
귀 상점으로부터 상당히 많은 양을 구입한 바 있습니다.
부탁드리오니 그때와 같은 질의 약품이 남아 있는지 꼼
꼼히 살펴주시기 바랍니다. 그리고 그 약품이 남아 있다

면 즉시 보내주시기 바랍니다. 비용은 아무래도 상관없습니다. 제게는 아주 중요한 일입니다.

여기까지는 아주 정상적인 글씨체에 정상적인 내용이었다. 하지만 그 부분에서 갑자기 감정이 격앙된 듯, '제발 그 물건을 찾아달란 말이오'라는 말이 흔들리는 필체로 적혀 있었다.

편지를 읽은 후 어터슨이 말했다.

"정말 이상한 편지야. 하지만 이건 지킬 박사의 필체가 틀림없어. 자네도 알지 않나?"

"저도 그렇다고 생각했습니다." 약간 뚱하게 풀이 대답했다. 이어서 그가 목소리를 달리 해서 말했다.

"하지만 그게 무슨 소용 있나요? 제가 그자를 봤는데요."

"그자를 보다니, 대체 무슨 소리야?"

"그래요, 그자예요! 제 이야기를 들어보세요. 제가 정원에서 불쑥 강의실로 들어간 적이 있었습니다. 그자가 약이든 뭐든 찾으려고 방에서 나온 모양입니다. 서재 문이 열려 있었고, 그가 저 안쪽, 상자들 틈에서 뭔가를 찾고 있었어요. 제가 나타나자 그자는 소리를 지르더니 서재로 뛰어 들어가더군요. 아주 짧은 순간이었지만 그자를 똑똑히 볼 수 있었어요. 저는 머리

카락이 온통 쭈뼛 곤두설 정도로 놀랐습니다. 나리, 그자가 만일 주인님이었다면 왜 얼굴에 마스크를 쓰고 있었을까요? 그자가 주인님이었다면 왜 쥐새끼처럼 고함을 지르며 도망을 갔을까요? 저는 주인님을 오래 모셔와서 그 정도는 알 수 있습니다. 게다가 그때……."

풀은 말을 멈추고 두 손으로 얼굴을 가렸다.

이번에는 어터슨이 입을 열었다.

"정말 기이한 일이로군. 하지만 풀, 자네 이야기를 들으니 한 줄기 희망의 빛이 보이는군. 풀, 자네 주인은 병에 걸린 거야. 몸이 심하게 변형되는 병 말이야. 그 때문에 목소리도 변하고 얼굴도 변한 걸 거야. 그러니 마스크를 쓰고 아는 사람을 저렇게 피하는 거지. 그 병을 고칠 수 있는 약을 구하려고 저렇게 애를 쓰고 있는 거고, 거기에 온통 희망을 걸고 있는 거지. 제발 그 희망이 물거품이 되지 않았으면 좋겠는데……. 자, 내 설명이 어떤가? 좀 으스스하긴 해도, 모든 게 다 맞아 떨어지지 않나?"

그러자 풀이 여전히 하얗게 질린 얼굴로 말했다.

"나리, 그자는 분명 주인님이 아니었습니다. 정말입니다. 제 주인님은—그는 목소리를 낮추더니 주변을 돌아보며 말했다—키도 크고 몸도 좋은 분입니다. 하지만 그자는 거의 난쟁이 같았습니다."

어터슨이 반박하려 하자 풀이 다시 목소리를 높였다.

"나리, 제가 20년 동안 모셔온 주인님을 몰라보겠습니까? 매일 아침 주인님을 봐왔는데, 주인님이 서재 문에 서면 그 머리가 어디까지 오는지 모르리라고 생각하십니까? 아닙니다, 나리, 그 마스크를 쓴 자는 절대로 주인님이 아닙니다. 그게 뭔지는 하느님만 아시겠지만, 절대로 지킬 박사님이 아니라는 건 확실합니다. 저는 분명히 살인이 일어났다고 확신합니다."

변호사가 말했다.

"풀, 자네 생각이 정 그렇다면, 그걸 확인하는 건 내 몫이 되겠군. 자네 주인 감정을 상하게 하고 싶지도 않고, 이 쪽지를 보면 그가 아직 살아 있으리라는 생각이 들긴 하지만, 그래도 문을 부수고 한번 들어가봐야 하겠지?"

"나리, 바로 그겁니다!" 풀은 듣고 싶었던 대답을 속 시원히 들었다는 표정이었다.

"그렇다면 문을 누가 부수지?"

"당연히 나리와 저지요."

"좋아. 어쨌든 자네에게는 아무 책임도 없게 해주겠네."

"나리, 강의실에 도끼가 있습니다. 나리께서는 부지깽이를 사용하시지요."

어터슨은 그 단단하고 무거운 도구를 손에 들고 흔들어보더니, 풀에게 말했다.

"풀, 자네는 우리가 지금 얼마나 위험한 일을 하려는 건지 잘 알지?"

"정말 그럴지도 모르지요, 나리."

"그렇다면 우리 좀 더 솔직해져야 하네. 우리는 정작 생각하고 있는 걸 입 밖에 내지 않고 있어. 자, 털어놓고 말하게. 그 마스크를 쓴 자, 누군지 알아보겠던가?"

"글쎄요, 하도 빨리 휙 지나갔고, 몸을 굽히고 있어서 장담할 수는 없지만요……. 하지만 나리께서 혹시 하이드가 아니었느냐고 물으시는 거라면……. 네, 그렇습니다. 맞아요. 하이드입니다. 몸집도 비슷했고, 몸짓도 재빠른 게 분명 그자였어요. 게다가 그자가 아니라면 누가 연구실에 들어갈 수 있겠습니까? 그자가 열쇠를 갖고 있는 것은 아시지요? 게다가 그게 다가 아닙니다. 참, 변호사님께서도 그자를 만나보신 적이 있나요?"

"한 번 이야기를 나누어 본 적이 있다네."

"그렇다면 변호사님도 저와 비슷한 걸 느끼셨겠네요. 뭐라고 꼭 꼬집어 말할 수는 없지만, 뭔가 사람을 질겁하게 만드는 게 있지요? 뼛속 깊이 소름 끼치면서 불쾌감을 느끼시지는 않으셨나요?"

"맞아, 나도 자네와 똑같이 느꼈었네."

"그러셨군요. 그 마스크를 쓴 것이 마치 원숭이처럼 화학 약품 사이를 뛰어다니다가, 서재로 사라졌을 때, 저도 등골이 오싹했습지요. 물론 그게 놈이 하이드라는 증거가 될 수는 없겠지요. 저도 그 정도는 배워서 압니다. 그렇지만 사람에게는 느낌이란 게 있지 않습니까? 성경에 손을 얹고 맹세하는데, 놈은 하이드인 게 확실합니다."

"그래, 그래! 내게 두려운 것도 바로 그거야. 악마가 개입되어 있는 게 분명해. 이제 자네 말을 믿겠네. 가엾은 헨리가 살해된 게 분명해. 그리고 그를 살해한 자는 무슨 이유인지 모르겠지만 아직 그 방에 숨어 있어. 좋아, 우리가 복수해야 해. 브래드 쇼를 부르게나."

풀이 하인을 부르자 그는 겁에 질린 창백한 모습으로 나타났다.

하인을 보고 어터슨이 말했다.

"자, 브래드 쇼. 정신 똑바로 차려야 해. 이건 우리 모두와 관계되는 일이야. 이제 우리가 모든 걸 해결해야 해. 지금 풀과 내가 문을 부수고 서재 안으로 들어갈 거야. 내가 다 책임질 테니 걱정 마. 하지만 일에 조금이라도 차질이 있으면 안 돼. 자네는 그자가 도망가지 못하도록 심부름꾼 아이와 함께 단단한 몽둥이를 들고 실험실 문 앞을 지키도록 하게. 자, 10분 여유를 줄 테니, 준비해서 위치로 가도록!"

브래드 쇼가 떠나자 변호사는 시계를 본 후 풀에게 말했다.

"자, 이제 우리도 가보도록 하지."

어터슨이 부지깽이를 옆구리에 낀 채 마당을 향해 앞장섰다. 짙은 구름이 달을 가리고 있어 어두웠다. 계단을 통해 강의실로 들어간 두 사람은 서재 문 앞에서 귀를 기울였다.

두 사람의 귀에 서재 바닥을 오가는 발소리가 들렸다. 풀이 속삭이듯 말했다.

"저렇게 하루 종일 걸어 다닌답니다. 밤에도 마찬가지고요. 화학 약품 샘플을 받아보면 그때나 잠시 멈추지요. 병든 양심 때문에 쉴 수가 없는 거지요. 걸음걸음마다 사악한 피가 묻어 나는 것 같아요. 자, 좀 더 자세히 들어보세요. 나리, 저게 정말 박사님 발걸음 같습니까?"

가벼운 듯하면서도 흔들거리는 발걸음이었고, 매우 느린 발걸음이었다. 그리고 그 발걸음은 분명 묵직한 헨리 지킬의 발걸음과는 달랐다. 어터슨은 한숨을 내쉬며 물었다.

"다른 건 뭐 없나?"

"한번은 흐느끼는 소리를 들었습니다."

"울었다고? 어떤 식으로?" 어터슨은 갑자기 등골이 오싹해지는 기분을 느끼며 물었다.

"글쎄요. 여자가 우는 것 같기도 했고, 넋이 나간 울음 같기도 했습니다. 저까지도 마음이 아파져서 함께 울고 싶어질 정도였습니다."

이제 브래드 쇼와 약속한 10분이 다 되었다. 풀이 짚단 더미 아래서 도끼를 꺼냈다. 그들은 숨을 죽인 채 발소리가 나는 곳을 향해 가까이 다가갔다.

문 앞에 다가가자 어터슨이 큰 소리로 말했다.

"지킬, 자네를 봐야겠네."

그는 잠시 기다렸다. 하지만 아무 응답이 없었다. 어터슨이 다시 말했다.

"자네에게 정당한 경고를 할 수밖에 없네. 의심나는 게 너무 많아서, 자네를 봐야만 하겠어. 정상적인 방법으로 안 된다면 비상수단이라도 쓰겠네. 자네가 받아들이지 않는다면 폭력이라도 쓸 거야."

그러자 안에서 목소리가 들렸다.

"제발, 어터슨! 제발 좀 참아주게!"

그러자 어터슨이 소리쳤다.

"저건 헨리의 목소리가 아니야! 하이드의 목소리야! 풀, 어서 문을 부숴!"

풀이 도끼를 치켜들더니 휘둘렀다. 그 일격에 건물이 진동했고, 문이 흔들렸다. 그러자 안에서 무시무시한 비명이 울렸다. 도끼로 경첩 부분을 거듭 내리치자 불꽃이 일면서 나무 일부가 부서졌다. 네 번이나 내리쳤지만 나무는 단단했으며, 잠금 장치도 장인의 솜씨인 듯 쉽게 빠지지 않았다. 다섯 번째 내리치자 경첩이 부서지면서 문은 안쪽 카펫 위로 떨어져 나갔다.

둘은 안이 너무 조용한 데 놀라, 조금 뒤로 물러서서 안을 들여다보았다. 벽난로에서는 불길이 훨훨 타오르고 있었고, 주전자에서는 물 끓는 소리가 들리고 있었다. 서랍이 몇 개 열려 있었고, 책상 위의 서류들은 잘 정리되어 있었다. 방 안은 더없이 조용했다. 서가에 화약 약품들이 들어차 있는 것만 빼놓는다면 런던의 여느 서재와 다를 바 없었다.

그 가운데 한 사내가 쓰러진 채, 고통에 일그러진 얼굴로 경련을 일으키고 있었다. 두 사람은 그 사내에게 가까이 가 몸을 바로 눕혔다. 에드워드 하이드의 얼굴이었다. 그는 자기에게는 너무 큰 지킬 박사의 옷을 입고 있었다. 얼굴 근육이 아직 경련을 일으키고 있었지만 숨은 이미 끊어진 뒤였다. 손에 약병이 들려 있었고 강력한 청산가리 냄새가 났다. 자살한 것이 틀림없었다.

어터슨이 풀에게 말했다.

"우리가 너무 늦었군. 벌을 주기에도, 구해주기에도 너무 늦었어. 하이드가 죽었으니, 이제 자네 주인의 시신을 찾는 일만 남은 셈이야."

두 사람은 강의실과 벽장, 지하실을 샅샅이 뒤져보았다. 하지만 지킬은 죽었는지 살았는지 흔적조차 찾을 수 없었다.

그들은 다시 서재로 돌아왔다. 그리고 서재 안의 물건들을 샅샅이 조사했다. 테이블 위에는 화학 실험을 한 흔적이 역력했다. 유리 접시들 위에는 다양한 분량의 백색 염류(鹽類)들이 놓여 있었다.

그것을 보고 풀이 말했다.

"이게 제가 가져다준 약품들이에요."

방 안을 세심하게 둘러보면서 그들의 눈길을 끈 것은 커다란 전신 거울이었다. 그 거울을 들여다보고 있자니 둘은 이유도 모르는 채 몸이 오싹해 왔다.

어터슨이 거울을 들여다보며 말했다.

"도대체 지킬이 어디에 쓰려고 이 거울을 갖다 놓은 걸까?"

"그러게 말입니다."

방 안을 샅샅이 둘러본 후 두 사람은 책상 앞으로 갔다. 책상 위에는 서류들이 가지런히 놓여 있었는데, 그중 제일 위에 커다란 봉투가 하나 있었다. 봉투에는 지킬 박사의 필체로 어터슨의 이름이 쓰여 있었다.

어터슨은 봉투를 열었다. 제일 먼저 눈에 띈 것은 유언장이었다. 어터슨이 6개월 전에 돌려준 것과 마찬가지로, 사망 시에는 유언장으로, 실종 시에는 증여 증서로 작성된 이상한 내용의 증서였다. 그런데 유언장을 들여다본 어터슨은 깜짝 놀랐다. 에드워드 하이드라는 이름이 있던 자리에 가브리엘 존 어터슨이라는 이름이 적혀 있었던 것이다. 그는 풀을 바라본 후 다시 유언장을 바라보았고, 마지막으로 카펫 위에 널브러져 있는 악당의 시신을 바라보았다.

"정말 머리가 어지러워. 저자가 이 증서를 내내 가지고 있었던 게 분명해. 저자가 나를 좋아했을 리가 없어. 자기 이름 대신 내 이름이 들어 있는 걸 보았다면 크게 화가 났을 게 분명해.

그런데 왜 이 서류를 없애버리지 않은 거지?"

어터슨은 다음 서류를 집어 들었다. 지킬 박사가 직접 쓴 간단한 쪽지로 맨 위에 날짜가 적혀 있었다. 그것을 본 어터슨이 소리를 질렀다.

"오, 풀! 지킬은 살아 있었고, 오늘도 여기에 있었어. 놈이 그렇게 짧은 기간에 그를 처치할 수는 없었을 테니, 아직 살아 있는 게 분명해. 도망친 거야! 아니, 그런데 왜 도망을 갔지? 그리고 도대체 어떻게? 그렇다면 이 사건을 그냥 자살 사건으로 결론 내릴 수도 없어. 오, 풀! 우리 신중해야 하네. 안 그러면 우리가 자네 주인을 파국으로 몰고 가게 될지도 몰라."

"무슨 내용인지 왜 안 읽어보시는 거지요?"

어터슨이 무거운 표정으로 대답했다.

"두려워서 그런다네. 오오, 하느님, 제발 그런 일이 없기를!"

그는 쪽지를 눈앞에 가져가서 읽었다.

친애하는 어터슨,

이 편지가 자네 손에 들어갔을 때면 아마 나는 사라지고 없을 걸세. 어떤 상황에서 그렇게 될 것인지는 예측할 수 없지만, 내 직관에 비추어볼 때, 또한 뭐라고 지칭할 수

있을지 모를 내가 지금 처하고 있는 상황으로 볼 때, 종
말이 올 것은 확실하고, 그것도 곧 올 것이 틀림없네. 그
러면 우선 래니언이 남긴 글을 읽어보게. 자네에게 전해
주겠다고 내게 경고했던 글이라네. 그런 후 더 자세히 알
고 싶으면 내 고백을 읽어보도록 하게.

자네의 쓸모없고 불행한 친구, 헨리 지킬

"다른 봉투가 또 있는 모양이지?"

어터슨의 말에 풀은 여러 군데를 봉한 꽤 두툼한 봉투를 하
나 내밀었다. 어터슨은 그 봉투를 받아 주머니에 넣으며 풀에
게 말했다.

"이 서류에 대해서는 함구할 작정이야. 자네 주인이 도망갔
건 살해되었건, 그의 명예는 지켜야지. 10시로군. 집으로 돌아
가 조용히 이 서류들을 읽어볼 작정이네. 자정 전에 돌아올 테
니 그때 경찰을 부르도록 하지."

그들은 밖으로 나와 강의실 문을 잠갔다. 어터슨은 홀 안 난
롯가에 모여 있는 하인들을 뒤로 하고 무거운 발걸음으로 자신
의 사무실로 돌아왔다. 그리고 조용히 벽난로 옆에 앉아 두 개

의 서류를 읽었다. 하나는 래니언이 지킬이 죽거나 실종되면
뜯어보라고 말한 편지였고 다른 하나는 지킬이 남긴 기록이었
다. 두 서류에는 모든 궁금증에 대한 해답이 들어 있었다.

제9장 래니언 박사가 남긴 편지 내용

1월 9일, 그러니까 나흘 전에 저녁 때 등기 우편을 하나 받았다네. 헨리 지킬이 보낸 것이었어. 나는 놀랐다네. 우리는 서신을 주고받은 적도 없었던 데다, 바로 전날 저녁 식사를 함께 했는데, 이렇게 형식까지 갖춘 등기 우편을 보내다니 이상한 일 아닌가?

그의 편지 내용은 다음과 같았다네.

12월 10일

친애하는 래니언, 자네는 나의 가장 오래된 친구일세. 우리가 가끔 과학적 문제에 있어 견해 차이를 보인 적이 있긴 하지만 적어도 내 편에서는, 자네와의 우정에 금이 간

적은 없었다고 생각하네. 만일 자네가 내게 '지킬, 내 인생, 내 명예, 내 존재 이유가 오로지 자네 손에 달려 있네'라고 말했다면 나는 무슨 수를 써서라도 자네를 돕기 위해 나섰을 것일세. 그런데 래니언, 지금 바로 내 인생, 내 명예, 내 존재 이유가 모두 자네의 온정에 기대고 있다네. 오늘 밤 자네가 나를 저버린다면, 나는 파멸이네. 여기까지 읽고 자네는 내가 무슨 불명예스러운 일을 부탁하려 한다고 짐작하겠지. 그건 자네 판단에 맡기겠네.

이보게, 우선 부탁하겠네. 오늘 저녁 할 일이 있었다면 모두 미루어주기 바라네. 설사 황제를 진찰하라는 부름을 받더라도 말일세. 지금 자네 마차가 문 앞에 없다면 승합마차를 불러서 곧장 내 집으로 가주게. 집사인 풀이 명을 받아 열쇠공과 함께 자네를 기다리고 있을 걸세. 열쇠공을 시켜 내 서재 문을 열게 한 후, 자네 혼자 서재에 들어가게. 그런 후 왼쪽 E열에 있는 서가를 열도록 하게. 만일 잠겨 있다면 부숴도 좋네. 그리고 위에서 네 번째 서랍에 있는 물건들을 몽땅 꺼내도록 하게. 혹시 내가 위치를 잘못 알고 있다 하더라도 내용물들을 확인하면 맞는 서랍인지 알 수 있을 걸세. 그 안에 분말 약품, 유리병, 얇은 책들이 들어 있다네. 그 서랍을 내용물들 그대로 캐번디시 스퀘어의 자네 집으로 가져가기 바라네.

여기까지가 첫 번째 부탁이네. 이제 두 번째 부탁을 하겠네. 자네가 이 편지를 받고 곧장 움직인다면 자정 훨씬 이전에 돌아올 수 있을 걸세. 하지만 하인들을 모두 잠자리에 들게 한 다음 자정이 넘을 때까지 진료실에 혼자 있어주었으면 하네. 이 일은 극도로 비밀리에 조심스럽게 행해져야만 하기에 하는 부탁이라네.

자정이 지나면 한 사내가 내 이름을 대며 자네 진료실에 나타날 것이네. 그러면 자네가 직접 문을 열어주기 바라네. 그가 안으로 들어오면 자네가 가져온 서랍을 그에게 주도록 하게. 그것으로 자네가 할 일은 끝난 것이고, 나는 자네에게 진정으로 감사하게 될 걸세. 자네는 도대체 무슨 일인지 설명해주길 원하겠지? 그 일이 모두 다 잘된 지 5분 후면 모두 알게 될 걸세. 이 일이 얼마나 중요한지도 알게 될 것이고⋯⋯. 자네에게 내 부탁이 터무니없어 보일지 모르지만 그중 하나라도 무시하게 되면 내가 죽게 되거나 파멸에 이르게 될 것이고, 그로 인해 자네는 괴로워하게 될 것이네.

자네가 내 부탁을 절대로 경시하지 않으리라고 믿지만, 혹시 하는 마음에 가슴이 내려앉고 손이 떨린다네. 지금 이 시간, 낯선 곳에서 이루 상상할 수도 없는 암울한 고뇌에 빠져 있는 친구 생각을 해주게. 하지만 자네가 정확하게 나를 도와주기만 한다면, 내 고통은 마치 이야기처럼 술술 풀려나갈 수 있을 걸세. 래니언, 제발, 나를 도와주게. 제발, 나를 구해주게.

자네의 친구, H. J

추신 : 편지를 이대로 보내려니 갑자기 두려운 마음이 드는 걸 어쩔 수 없네. 우체국 잘못으로 이 편지가 내일 아침에 자네에게 전달이 안 되면 어쩌지? 늦게 전달되면 어쩌지? 그렇더라도 다음 날 자네 편한 시간에 내가 부탁한 일을 그대로 해주기 바라네. 그리고 그날 자정에 내가 보낸 사람을 맞아주기 바라네. 하지만 그날 밤, 아무 일도 일어나지 않고 그냥 지나가 버린다면, 다시는 헨리 지킬의 모습을 볼 수 없게 된 것으로 알아도 되네.

지킬의 편지를 읽고 나는 이 친구가 미친 게 틀림없다고 생각했지. 하지만 미쳤다는 사실이 의심할 여지없이 증명되기 전까지는 부탁한 대로 하는 게 도리라고 생각했다네. 이게 도대체 무슨 엉뚱한 일인지 이해할 수도 없었으니, 이게 정말 중요한 일인지 아닌지 판단할 수도 없었지. 게다가 그의 호소가 너무 간절해서 무거운 책임감에 그냥 물리칠 수도 없었다네.

나는 자리에서 일어나 마차를 타고 곧장 지킬의 집으로 갔네. 집사가 내가 오기를 기다리고 있더군. 그 역시 나처럼 등기 우편물로 지킬의 지시를 받고 열쇠공과 목수를 부르러 사람을 보낸 중이었어. 우리는 강의실을 통해 지킬의 서재로 갔네. 문이 너무 튼튼하고 잠금 장치가 너무 훌륭해서 목수와 열쇠공은 애를 먹었다네. 하지만 워낙 손재주가 뛰어난 사람들이어서 두 시간가량 낑낑대더니 결국 문을 열더군. E라고 적혀 있는 서랍은 잠겨 있지 않았네. 나는 서랍을 꺼낸 후, 서랍 위에 종이를 덮어 묶은 후 집으로 가져왔다네.

집으로 돌아온 후 나는 내용물들을 살펴보았네. 분말은 깔끔하긴 했지만 화학 조제사의 정밀한 솜씨로 만들어진 것 같지는 않았다네. 지킬이 직접 만든 게 분명했지. 그중 포장 하나를 벗겨보니, 백색의 염류 결정체 같은 것이 나오더군. 다음으로 나는 약병을 살펴보았는데, 피처럼 붉은 액체가 반쯤 들어 있더군. 냄새가 아주 자극적인 것이, 인(燐)과 함께 뭔가 휘발성 에테르 성분이 들어 있는 것 같았어. 다른 성분들은 도무지 짐작도 할 수 없더군.

책은 그냥 평범한 공책이었고 날짜들만 죽 적혀 있었을 뿐이었어. 몇 년 전부터 날짜가 적혀 있었는데, 거의 일 년 전부터 갑자기 날짜 적는 게 중단되어 있더군. 여기저기 날짜 옆에 메모가 있었지만 그냥 간단한 단어 정도였어. 수백 개의 메모 중에 '두 배'라는 단어가 여섯 번 정도 나와 있었고, 초기 목록 한군데는 '완전 실패!!!'라고 느낌표를 여럿 찍은 것도 있었다네.

이 모든 것이 내 호기심을 자극하기는 했지만, 결정적인 것은 아무것도 없었다네. 약이 들어 있는 유리병, 종이에 싼 염류, 실험 기록들,―그것도 단 한 마디들뿐인―그게 다였으니까. 게다가 지킬의 거의 모든 연구들이 그러했듯이 도무지 실질적으로 어디 쓰려는 건지 알 수가 없었으니⋯⋯. 내 집으로 가져온 이것들이 어떻게 내 정신 나간 친구의 명예와 건강과, 인생에 영향을 줄 수 있단 말인가? 그가 보낸 사람이 이곳에 올 수 있다면 왜 다른 곳에는 갈 수 없단 말인가? 뭔가 문제가 있다는 건 인정하더라도 왜 그를 은밀하게 맞아야만 한단 말인가?

생각하면 할수록 나는 내가 무슨 정신 나간 짓에 휘말린 것 같아서, 나는 하인들을 모두 잠자리에 들게 한 후에 호신용으로 권총을 장전해 두었다네.

12시를 알리는 종소리가 런던 시내에 울리자마자 조심스럽게 문 두드리는 소리가 났네. 문을 열고 보니 자그마한 남자가 현관 기둥에 몸을 기대고 서 있더군. 내가 그에게 물었시.

"지킬 박사가 보내서 온 사람이오?"

"그렇소." 그는 뭔가 부자연스러운 태도로 답하더군. 내가 들어오라고 하자 그는 뒤쪽 어둠 속을 흘낏 바라보더니 안으로 들어오더군. 멀지 않은 곳에서 경찰의 모습이 보이자, 그는 매우 허둥대는 것 같았어.

고백하지만 그의 그런 모습이 모두 기분 나빴다네. 그의 뒤를 따라 진료실로 들어가면서 내 손은 이미 장전된 권총을 만지작거리고 있었지. 진료실에 들어서자 비로소 그의 모습을 제대로 볼 수 있었다네.

분명히 전에 본 적이 없는 사람이었다네. 이미 말했듯이 난쟁이처럼 키가 작았어. 그리고 그의 얼굴을 보고 나는 충격을 받았다네. 표정이 강렬했을 뿐 아니라, 뭔가 강하다는 느낌과 허약하다는 느낌을 동시에 주었기 때문이었네. 게다가 그와 가까이 있자니 뭔가 명료하게 표현하기 힘든 불쾌한 느낌이 드는 걸 어쩔 수 없었네. 초기 몸살 증상과 비슷했고, 이어서 내 맥박이 떨어지는 걸 느낄 수 있었어. 처음에 나는 내 체질 때문에 개인적으로 혐오감을 느끼는 것이라고 생각했고, 다만 그 증상이 좀 심하다는 것만 의아하게 여겼을 뿐이라네. 하지만 이후 나는 그 증상의 원인이 인간의 저 깊은 본성 속에 자리 잡고 있다는 것, 우리가 일반적으로 경험하는 증오의 원리보다 훨씬 중요한 요체로 작용하고 있다는 것을 알게 되었다네.

그렇다네. 그는 들어서는 그 순간부터 '혐오스러운 호기심'이라고 이상하게 부를 수밖에 없는 인상을 심어주었다네. 게다가 옷차림도 사람들의 웃음거리가 될 수밖에 없었다네. 옷 자체는 값비싸고 좋은 옷이었어. 하지만 그에게는 터무니없이 컸지. 헐렁한 바지는 땅에 끌리지 않도록 접어 올려 있었고, 외투 허리선이 엉덩이에 걸쳐 있었지. 정말 우스꽝스런 모습이었네. 그런데 그 꼴을 보고도 이상스럽게 전혀 웃음이 나오지 않았다네. 오히려 그런 우스꽝스런 옷차림이 나와 마주하고 있는 그 기묘한 존재, 어딘가 비정상적이고 잘못 태어난 것 같다는 느낌 때문에 사람을 놀라게 하고 역겹게 만드는 이 존재와 잘 어울리는 것처럼 보였다네. 심지어 그런 불균형을 더 두드러지게 해주는 것 같았지. 도대체 이 존재의 본성과 성격은 어떤 것일까 하는 호기심이 일었을 뿐 아니라, 그의 출신과 삶, 그의 재산과 사회적 지위 등 모든 것이 궁금해졌다네.

이렇게 자네에게 길게 그를 관찰한 결과를 적고 있지만 그것은 실은 불과 몇 초 만에 이루어진 일이라네. 내 방문객은 흥분해서 내게 소리쳤어.

"그래, 가져 왔소? 가져 왔느냐 말이오."

얼마나 조급했던지 내 팔에 손을 얹고 흔들려고까지 하더군. 그의 손이 팔에 닿자 얼음처럼 차가운 것이 내 핏줄을 지나가는 것 같은 고통을 느끼고 나는 그를 밀쳤네.

나는 그를 진정시킨 후 말했지.

"그런데 우린 아직 인사를 나누지도 않았군요. 자, 앉으시지요."

내가 먼저 모범을 보이려는 듯 의자에 앉으며 통상 환자에게 대하는 태도를 취했다네. 하지만 늦은 시각인 데다, 내가 처한 상황, 방문객에 대해 내가 품고 있는 두려움 때문에 나도 무척 애를 써서 자신을 진정시켜야만 했다네.

"죄송합니다, 래니언 박사님." 그가 한껏 예를 갖추어 말했어. "당연한 말씀입니다. 제가 급한 마음에 결례를 범하고 말았습니다. 저는 박사님의 동료인 헨리 지킬 박사의 부탁을 받고 왔습니다. 제가 알기로는……."

그는 말을 마치더니 손을 목으로 가져가더군. 침착한 태도를 보이려 애를 쓰고 있었지만 무슨 발작이라도 일어나려는 것을 간신히 참고 있는 것 같았어.

"제가 알기로는, 서랍이……."

나는 내 방문객의 불안해하는 모습이 딱하기도 했고, 나 자신의 호기심도 커졌다네.

나는 서랍을 가리키며 그에게 말했어. 서랍은 아직 종이로 싸인 채 테이블 뒤쪽 바닥에 놓여 있었지.

"여기 있습니다."

그는 단번에 서랍 쪽으로 달려들더니, 잠시 멈춰 서서 가슴에 손을 대더군. 나는 그의 턱에 경련이 일어나며 이가 딱딱 부딪치는 소리를 들을 수 있었다네. 얼굴이 송장처럼 핼쑥해져서 마치 죽었거나 얼이 빠져 버린 것만 같았다네. 나는 나도 모르게 걱정이 되어 진정하라고 소리쳤지. 그러자 그가 고개를 돌리고 나를 바라보며 미소를 지었는데, 정말 무시무시한 미소였다네.

그는 결심이 선 듯, 서랍을 싸고 있던 종이를 벗겨냈어. 내용물들을 보자 그는 크게 안도의 한숨을 내쉬더군. 그러더니 고개를 돌려 나를 보고 말했다네.

"계량컵 좀 주시겠습니까?"

나는 간신히 자리에서 일어나 그가 원하는 것을 주었다네. 그의 행동을 보고 놀라 내 몸이 거의 얼어붙어 있었던 거지.

그는 미소를 띤 채 고개를 끄덕여 고맙다는 표시를 하더군. 그러더니 소량의 붉은 용액을 계량컵으로 재서 분말과 섞었어. 그 혼합물은 처음에는 붉은색이더니, 분말 결정체가 녹아들자 점차 색이 밝아지더군. 그러더니 부글부글 끓는 소리와 함께 약간의 연기가 피어올랐어.

이윽고 그 혼합물은 끓기를 멈추더니 짙은 보라색으로 변했다가, 맑은 녹색으로 바뀌었어. 그는 날카로운 눈길로 이 변화를 살펴보더니, 미소를 짓고는 계량컵을 탁자 위에 올려놓았어. 그런 후 그는 고개를 돌려, 마치 탐색하듯 나를 바라보더군.

"자, 이제 한 가지 결정만 남은 셈이오. 그리고 그 결정은 당신이 해야 하오. 현명한 사람이 되겠소, 아니면 가는 데까지 가 보겠소? 내가 이 컵을 손에 들고 아무런 설명 없이 당신 집에서 나가도록 내버려두겠소, 아니면 당신의 호기심이 시키는 대로, 무슨 일이 벌어지는지 지켜보겠소? 신중하게 생각하고 대답하시오. 당신이 원하는 대로 해줄 테니.

당신이 어떤 결정을 하느냐에 따라 당신은 이전의 당신과 다름없는 사람으로 남을 수 있소. 더 부자가 되지도 않을 거고, 더 현명해지지도 않을 거요. 다만, 극도로 곤경에 빠졌던 한 사내를 도와주었다는 뿌듯한 생각이 당신의 영혼을 살찌게 해주겠지. 하지만 당신은 새로운 지식의 영역으로 가는 길을 택할 수도 있소. 그리고 바로 지금, 이 방에서 명성과 권력으로 향하는 새로운 대로(大路)가 당신 눈앞에 펼쳐질 수도 있소. 당신의 시야는 한 천재에 의해 환하게 열릴 것이오. 자, 어느 쪽 길을 택할 거요?"

"선생." 나는 태연한 척 그에게 말했다네. 하지만 사실 속으로 무척 동요하고 있었지.

"선생은 수수께끼 같은 말을 하는군요. 내가 당신이 한 말을 별로 믿지 않고 있다는 건 잘 알겠지요? 하지만 기왕 여기까지 왔으니 도중에 멈출 수는 없군요."

그러자 그 방문객이 말했다네.

"좋아, 래니언."

갑자기 경칭도 생략한 채 내 이름을 불러서 나는 깜짝 놀랐지. 그가 말을 이었다네.

"자네, 지금 한 말을 잊으면 안 돼. 이제부터 벌어질 일은 우리들의 직업을 걸고 하는 엄숙한 서약이라네. 자네는 오랫동안 너무 편협하고 물질적인 시각에만 묶여 있었어. 그래서 초월 의학의 덕목을 부정해왔고 자네보다 뛰어난 사람들을 비웃어 왔어. 자, 이제 잘 보라고!"

그는 컵을 입으로 가져가더니 단숨에 마셔버렸네. 그의 입에서 비명이 터져 나오더니 휘청거리며 비틀기리다가 테이블을 움켜쥐고 버티더군. 마치 튀어나올 듯 부풀어 오른 눈으로 앞을 주시하면서 입을 벌리고 헐떡거렸어. 그리고 나는 보았다네. 놀라운 변화가 일어나는 것을……. 그가 커지는 것 같았어. 이어서 얼굴이 갑자기 검게 변하더니 이목구비가 마치 녹았다가 새롭게 변하는 것 같았어. 그리고 다음 순간 나는 자리에서 튕겨 오르듯 일어나 벽으로 물러날 수밖에 없었다네. 나는 두 눈을 가렸다네. 내 정신이 공포에 휩싸이고 말았던 거야.

"오, 하느님 맙소사! 오! 세상에!" 나는 외치고 또 외쳤네. 바로 내 눈 앞에, 창백해진 몸을 떨고 있는, 반쯤은 정신이 나간 듯한, 마치 죽음에서 되살아난 사람처럼 손을 앞으로 내밀고 더듬고 있는, 그가, 바로 그가, 헨리 지킬이 서 있었던 것이라네.

그런 후 그가 내게 들려준 이야기를 나는 차마 글로 옮길 수 없네. 나는 내가 본 것을 보았고 들은 것을 들었네. 그리고 그 때문에 내 영혼은 병들고 말았네. 내가 눈앞에서 본 것이 사라지고 난 다음에도 나는 스스로에게 그 사실을 믿느냐고 자문해보았지만, 대답을 할 수가 없었다네. 내 삶이 뿌리째 흔들렸네. 잠은 이제 내 곁을 떠난 지 오래고 대신 끔찍한 공포가 밤이나 낮이나 내 곁을 떠나지 않는다네. 이제 살날이 얼마 남지 않았겠지. 나는 의혹 속에서 죽어갈 거야. 그자가 내게 밝힌 부도덕한 행위들! 비록 그가 참회의 눈물을 흘리며 고백했지만 나는 두려움 없이는 그것들을 기억할 수도, 생각할 수도 없다네. 하지만 어터슨, 딱 한 가지만은 이야기해주겠네. 자네가 내 이야기를 믿는다면, 그 한 가지 이야기만으로도 충분할 걸세. 그날 밤, 내 집으로 기어들어왔던 자는, 바로 커루 경 살인자로 경찰의 추적을 받고 있던, 바로 그자, 하이드라는 이름으로 알려진 바로 그자였다네.

헤이스너 래니언

제10장 헨리 지킬이 밝힌 사건의 진상

나는 재산도 많은 데다 훌륭한 신체를 물려받았고, 천성적으로 부지런했다. 또한 주변의 현명하고 훌륭한 사람들로부터 존중을 받으며 즐거운 마음으로 지냈다. 따라서 내게는 명예롭고 빛나는 미래가 보장되어 있는 것이 당연했다.

그런데 그런 나에게 단점이랄 수 있는 것이 하나 있었다. 바로 즐거운 일에 탐닉하는 기질이었다. 사실상 쾌락은 많은 사람들을 행복하게 해준다. 하지만 내 경우는 다르다. 대중들 앞에서 고고한 태도로 근엄한 모습을 보이고 싶다는 욕망을 지니고 있는 나 같은 사람에게는 그런 성향은 바람직한 것이 아니었다. 따라서 나는 나의 그러한 기질을 감추려 애를 쓰며 살 수밖에 없었다.

그런데 연륜과 함께 스스로를 되돌아볼 정도의 성찰력을 지니게 되어, 나 자신과 내가 이룩한 것들, 내가 누리고 있는 지위들을 찬찬히 살펴보니, 이미 나는 상당히 이중적인 생활을 하고 있음을 알게 되었다. 많은 사람들은 그런 이중적인 삶을 당연하게 여기거나 오히려 과시하며 살아갈 것이지만 나는 도무지 꺼림칙할 수밖에 없었다. 나는 내가 스스로 세워 놓은 높은 가치관에 따라 그 이중성을 판단했고, 거의 병적으로 부끄러워하며 그것을 감추려 애써 왔다. 따라서 내가 지금의 나처럼 된 것, 인간의 이중성을 이루고 있는 선과 악 사이의 고랑이 내게 보통 사람들보다 훨씬 깊게 파이게 된 것은, 내가 남들보다 유별나게 타락했기 때문이 아니다. 그것은 내가 지향하는 바를 너무 엄격하게 지키려 했기 때문이다.

나는 모든 종교의 뿌리에 놓여 있는 문제, 인간 고뇌의 마르지 않는 원천이랄 수 있는, 이 어려운 삶의 문제에 대해 심각하게, 집념을 가지고 파고들었다.

나는 분명 이중적이었다. 하지만 나는 절대로 위선적이 아니었다. 나의 그 두 모습 모두 진실하다. 자제력을 잃고 부끄러운 일에 빠져드는 나도, 밝은 햇빛 아래, 지식을 증진시키기 위해, 삶의 슬픔과 고통을 덜 겪기 위해 열심히 일하는 나와 마찬가지로, 나 자신이었다. 그런데 대체적으로 신비스럽고 초월적인 현상 쪽으로 향하고 있던 내 연구 방향 덕분에, 내 동료들 사이에서 끊임없는 논쟁거리가 되었던 이 문제에 대해, 커다란 서광이 비추게 되었다.

나는 내 지성의 두 줄기인 정신과 지식을 통해, 날이 갈수록 점차 진실에 가까이 가게 되었다. 그리고 그 진실의 일부를 발견했기에 나는 그토록 무시무시한 파멸로 치닫게 된 것이었다. 그 진실이란 인간은 결코 하나가 아니라 둘이라는 것이다.

내가 지금 둘이라고 결론처럼 말하는 것은, 지금으로서는 내 지식이 그 결론 이상으로 나아가지 못하고 있기 때문이다. 나와 같은 선상(線上)에서 어떤 이는 나를 뒤따를 것이고 어떤 이는 나를 앞지를 것이다. 내 감히 추측해보지만 인간이란 결국 각기 독립적이면서 상호 모순되는 여러 인자들의 결합체일 뿐이라는 것이 밝혀지게 될 것이다.

내 삶의 경우, 나는 한 방향으로, 오로지 한 방향으로만 절대적으로 전진해 왔다. 그것은 지식이 이끄는 방향이 아니라 내 정신이 이끄는 방향이었다. 그 결과 나는 바로 '나'라는 한 개인을 통해, 인간이 완전히 근본적으로 이중적이라는 것을 인식할 수 있게 되었다. 내 의식 속에는 서로 갈등하고 있는 두 본성이 있다는 것, 그것은 결코 부정할 수 없다는 것을 알게 된 것이다.

나는 일찍이 두 본성을 분리한다면 어떻게 될까, 하는 몽상을 즐기곤 했다. 나는 생각했다. 만약 각각의 본성을 분리시켜 별개의 개체에 담을 수 있다면, 우리가 참아낼 수 없다고 여기던 일들로부터 일체 해방될 수 있지 않을까? 부당한 취급을 받던 한쪽은, 다른 한쪽으로부터 해방되어 자신의 길을 갈 수 있지 않을까? 그래서 고결한 자신의 쌍둥이의 책망으로부터 벗어날 수 있지 않을까? 반면 올바른 존재는 흔들림 없이 높은 곳을 향하여 자신이 원하던 길을 가면 될 것이다. 그 존재는 선을 행하면서 기쁨을 느끼게 될 것이고, 더 이상 자신 내부의 이질적인 존재가 행하는 짓 때문에 괴로워하지 않아도 될 것이다. 그렇게 모순되는 존재가 갈등하면서 계속 함께 지내야 한다는 것은 인간이 받은 저주일 뿐이었다.

내가 그런 깊은 사색에 빠져 있을 때, 내 연구에 서광이 비치기 시작했다. 나는 내 연구가 깊어짐에 따라, 우리가 걸치고 있는 육신이라는 것이 겉보기에는 단단해 보이지만 실은 흔들리는 비물질성을 띠고 있으며, 안개처럼 일시적이라는 것을 이해하게 되었다. 내가 발견한 어떤 인자들은, 마치 바람이 천막을 걷어내듯이, 육신이라는 옷을 흔들어 벗기는 힘을 가지고 있음을 알게 되었다. 하지만 이런 고백을 하면서도 과학적인 증명에 대해서는 자세히 언급하지 않겠다. 이 글을 쓰는 지금 나는 두 가지를 깨달았기 때문이다.

첫째는, 인간은 인생의 불운과 고통을 영원히 어깨에 짊어지고 가야 한다는 것을 나는 깨달았다. 인간이 지닌 이중성도 그가 짊어져야 할 짐일 뿐이다. 그 짐을 던저버리려고 하면, 그것이 더욱 낯선 모습으로 돌아와, 우리에게 더욱 끔찍한 짐이 되어 우리를 짓누른다는 것을 나는 깨달았다.

둘째로는, 내 이야기 끝에 자명해지겠지만, 나의 과학적 발견이 불완전한 것이었기 때문이다. 당시 나는 이런 발견들을 했다. 내가 지닌 자연적인 육체라는 것은 내 정신을 이루고 있는 그 어떤 힘이 방출되어 형성된 것에 불과하다는 것, 그 정신에게서 그 주도권을 빼앗는 약을 만들어 주입시킨다면 다른 형태의 몸이 만들어질 수 있다는 것이었다. 물론 그 새로운 몸도 자연스러운 것이었다. 왜냐하면 그것 역시 비록 열등한 상태에 있었다 할지라도 내 정신의 표현이며, 그 특징을 간직하고 있기 때문이다. 그 생각은 옳았지만 내가 발견해낸 방법은 완전하지 못했다.

이 이론을 실행에 옮기기 전에 나는 무척 망설였다. 우선은 내 목숨을 거는 일이었기 때문이었다. 그 어떤 약이든 나의 정체성(正體性)이라는 요새를 통제하고 뒤흔들 만한 강력한 힘을 지닌 것이라면, 아주 미량만 초과하더라도, 혹은 투약 시기를 잘못 택하더라도, 내가 변신하고자 하는 비물질적 임시 육체를 완전히 파괴해 버릴 수도 있었다. 하지만 너무나 독특하고 심오한 발견을 했다는 유혹이, 그 모든 경고를 압도하고 말았다.

나는 오랜 시간 약을 준비했다. 나는 마지막 필수 성분이 어떤 염류(鹽類)라는 것을 알아내고 화학 약품 도매상에서 그 염류를 다량 주문했다. 그리고 어느 저주받은 날 밤, 나는 모든 성분들을 섞었다. 나는 그것들이 연기를 내며 부글부글 끓어오르는 것을 바라보다가, 이윽고 비등(沸騰)이 가라앉자, 한껏 용기를 내서 그 액체를 마셔버렸다.

극렬한 고통이 뒤따랐다. 뼈가 갈리는 통증, 지독한 구토와 함께, 탄생이나 죽음의 순간보다 더한 정신적 공포가 밀려왔다. 얼마 후 모든 고통이 가라앉았더니 마치 큰 병을 앓고 난 뒤처럼 제정신이 돌아왔다. 감각이 뭔가 낯설었다. 뭔가 표현할 수 없을 정도로 새로웠고, 바로 그 새로움 때문인지 믿을 수 없을 만큼 감미로운 기분이었다. 나는 내 몸이 더 젊어지고 가벼워지고 행복해진 느낌이었다. 내 안에서 무분별함이 자리 잡고 있는 것을, 무질서한 감각적 이미지들이 물레방아의 물처럼 자유롭게 흐르는 것을 마치 환상 속에서처럼 의식할 수 있었다. 무거운 책임감이 녹아내렸고, 미지의 자유, 그러나 결코 순수하다고 말할 수는 없는 그런 자유로움도 의식할 수 있었다. 이 새로운 생명을 호흡하는 그 순간, 나는 내가 더욱 사악해졌음을, 열 배는 더 사악해졌음을, 나 자신을 내 안에 있던 악에게 팔아버렸음을 곧바로 알 수 있었다. 그 순간 그 생각이 마치 감미로운 포도주처럼 나를 감싸 안고 기쁘게 해주었다. 나는 두 손을 뻗어 이 새로운 감각을 즐겼다. 그리고 순간, 내 키가 줄어들었음을 알게 되었다.

당시 내 방에는 거울이 없었다. 이 글을 쓰고 있는 지금 내 옆에 있는 거울은 나중에 이 변모의 모습을 살펴보기 위해 갖다 놓은 것이다. 밤이 가고 아침이 오려 하고 있었다. 하지만 집안 사람들은 아직 깊은 잠에 빠져 있었다. 나는 희망과 승리감에 젖어, 과감하게 그 새로운 모습으로 내 침실까지 가보기로 마음먹었다. 나는 아직 별들이 내려다보고 있는 마당을 가로질렀다. 나는 잠들지 않고 밤을 지키던 별들이, 자신들에게 모습을 드러낸 새로운 나, 이제까지 한 번도 본 적이 없던 이 피조물을 경이롭게 바라보고 있으리라고 생각했던 것 같다. 나의 집에서 낯선 사람이 된 나는 복도를 살금살금 걸어 침실로 갔다. 그리고 그곳에서 처음으로 에드워드 하이드의 모습을 보았다.

나는 여기서 오로지 이론적인 이야기만 해야 한다. 즉, 내가 아는 것이 아니라, 내 생각에 가장 그럴 듯하다고 여겨지는 것만을 이야기해야 한다는 뜻이다.

이제 그 육체를 부여받은 내 천성 중의 악한 부분은, 방금 내가 사라지게 만든 선한 부분에 비해 강건하지도 못했고, 제대로 발달하지도 못했다. 다시 말하지만, 내 삶의 90% 이상은 노력과 미덕과 절제로 이루어져 왔기에, 악한 부분은 별로 실행되지도 않았고, 그 모습을 뚜렷이 드러내지도 않았다. 바로 그 때문에 에드워드 하이드는 몸이 왜소했고, 헨리 지킬보다 젊었음에 틀림없다. 선함이 지킬의 얼굴에서 한껏 그 빛을 발하고 있었다면, 악함은 하이드의 얼굴에 널리 새겨져 있을 뿐이었다. 게다가 악은 그 육신에 기형과 타락의 모습을 새겨 놓았다.

하지만 거울을 통해 그 추악한 모습을 보았을 때, 나는 전혀 혐오감을 느끼지 않았다. 나는 오히려 반가움으로 설레었다. 그 역시 나 자신이었다. 자연스럽고 인간적으로 보였다. 내 눈에는 그 모습이 내 정신의 생생한 이미지를 품고 있었으며, 내가 이제까지 내 것이라고 여겨왔던 불완전하고 분열된 모습보다 더 분명하고 확실했다. 그리고 그때까지는 분명히 내가 옳았다. 나는 내가 에드워드 하이드의 모습을 하고 사람들 앞에 나타난다면 누구나 불안해하며 가까이 오지 않으리라는 것을 알았다. 모든 인간이 선과 악이 혼재되어 있는 존재이기 때문이었기에, 순수한 악의 모습을 보고 두려워하는 것은 당연하다. 또한, 모든 인간은 자신 내부의 또 다른 사신과 정면으로 마주치는 것을 두려워하고 있기 때문이다. 에드워드 하이드는 모든 인간들 중에서 순수하게 악으로만 이루어진 유일한 인물이었다.

나는 거울 앞에 잠시 동안만 머물러 있었다. 결정적이라고 할 만한 두 번째 실험을 해야 했기 때문이었다. 내가 본래의 모습, 즉 지킬 박사의 모습을 완전히 잃어버린 것인지, 아니면 다시 되돌아갈 수 있는지 확인하는 일이 남아 있었기에 나는 이제 더 이상 나의 집이 아닌 그곳에서 재빨리 빠져나와야 했다.

서둘러 서재로 돌아온 나는 다시 한번 준비되어 있던 약을 마셨고, 다시 한번 몸이 녹는 고통을 맛보아야 했다. 그리고 다시 한번, 헨리 지킬의 성격과 외모를 지닌 자신으로 돌아왔다.

그날 밤 나는 운명의 교차로를 건넌 셈이었다. 내가 보다 고상한 정신으로 내 과학적 발견에 접근했더라면, 내가 보다 너그럽고 경건한 마음으로 그 실험에 임했더라면, 모든 것이 분명 달라졌으리라. 그리고 그 죽음과 탄생의 고통 속에서 악마가 아닌 천사의 모습을 만났을 수도 있었으리라. 약 자체는 그런 것을 가려낼 힘이 없다. 약 자체는 악마적인 것도 아니고 신성한 것도 아니다. 약은 다만 내 안의 또 다른 기질이 갇혀 있던 감옥의 문을 흔들었을 뿐이고, 그러자 그 안에 죄수처럼 갇혀 있던 것이 밖으로 뛰쳐나온 것이었다. 그때 나의 선은 잠들어 있었고, 야심에 차서 깨어 있던 내 안의 악이 재빠르게 기회를 잡은 것이며, 그 악이 에드워드 하이드의 형상으로 나타난 것이다.

이제 나는 각기 다른 두 성격을 지닌 두 모습으로 존재할 수 있게 되었다. 하나는 순수 악의 화신이었고, 다른 하나는 지킬 박사의 모습이었다. 문제는 바로 거기에 있었다. 하이드가 순수 악의 화신인 데 반해 지킬 박사는 순수 선의 화신이 아니었다. 그는 모순이 혼재해 있는 부조리한 존재, 즉 양면성을 지닌 인간 그 자체였다. 그리고 그런 부조리를 개선하거나 고치는 일은 불가능한 그런 존재였다. 그는 인간이었다. 바로 그 때문에 모든 일이 나쁜 방향으로 흘러갈 수밖에 없었다.

당시 나는 내 무미건조한 연구 생활에 극도로 따분해하고 있었다. 나는 때때로 즐겁게 지내고 싶었다. 하지만 내가 즐기고자 하는 일들은 품위가 없는 일들이었다. 나는 너무 유명했고 존경을 받고 있었기에 공공연히 그런 것들을 즐길 수 없었다. 게다가 점차 나이가 들어감에 따라 이런 식의 모순된 생활이 점점 더 짜증스러워졌다. 그 때문에 내게 새로 생긴 능력이 나를 유혹하게 된 것이고 내가 그 노예가 된 것이었다. 약을 마시기만 하면 유명한 박사의 육신을 벗어버리고 하이드의 육신을 마치 코트처럼 걸칠 수 있었다. 나는 그 생각만 해도 미소가 떠올랐다. 그 당시에는 그것이 마치 재미있는 장난 같았다.

나는 세심하게 주의를 기울여 준비를 했다. 나는 소호의 집을 구입해서 가구도 장만하고 가정부도 구했다. 자신이 지은 죄가 많아, 입이 무거울 수밖에 없는 그런 심술궂은 가정부를 나는 힘들여 구했다. 그런 후 나는 내 집의 하인들에게 하이드의 모습을 설명해준 후, 그는 스퀘어의 내 집에 마음대로 드나들 수 있는 사람이라고, 언제나 그의 명령에 따르라고 지시했다. 그리고 혹시 모를 불상사에 대비해, 하이드의 모습을 한 채 집으로 찾아가 하인들이 그 모습에 익숙해지도록 만들었다.

그런 후 나는 어터슨이 그토록 반대한 유언장을 작성했다. 지킬 박사로서의 내가 어떤 일을 당하더라도, 에드워드 하이드가 아무 문제없이 새 생활을 해나갈 수 있게 하기 위해서였다. 그런 후 나는 내 상황이 부여하는 기막힌 면책 특권을 이용하기 시작했다. 일을 저지르고 감쪽같이 사라져버릴 수 있는 것 이상의 면책 특권이 어디 있겠는가?

이제까지 사람들은 청부업자를 고용해 대신 범죄를 저지르게 해서, 자신의 명예와 신상을 보호해 왔다. 나는 오로지 즐거움만을 위해 범죄를 저지른 최초의 인간이었다. 나는 대중들 앞에서 존경을 받는 인물로 행세하다가 마치 어린 학생처럼 한순간에 그 빌려 입은 옷 같은 것을 벗어 던지고, 자유의 바다에 뛰어들 수 있는 최초의 인간이기도 했다.

생각해보라! 나는 존재하지도 않는 인물이다! 연구실 문 안으로 피신한 후, 미리 준비해 두었던 약물을 단숨에 마시기만 하면 되었다. 에드워드 하이드는 무슨 짓을 하더라도 마치 거울 표면의 입김처럼 흔적도 없이 사라져버릴 것이다. 에드워드 하이드 대신 그의 연구실에서 조용히 램프 심지를 다듬고 있는 사람은, 그 어떤 의혹도 비웃어 넘길 수 있는 지킬 박사인 것이다!

내가 하이드로 위장하면서 저지르려고 했던 짓은 앞서 말한 대로 '품위 없는' 행동 정도였지, 그보다 심한 짓을 저지르려고

했던 것은 아니었다. 하지만 에드워드 하이드의 손으로 저지르는 짓들은 금세 엄청난 것들이 되어버렸다. 나는 하이드로 변해서 온갖 나쁜 짓을 하고 난 후, 다시 지킬 박사로 돌아와 하이드가 한 짓들에 대해 곰곰이 생각하기 시작했다.

내가 내 영혼으로부터 불러내, 어디 마음껏 즐겨보라고 내보낸 그자는 악의와 비열함의 화신이었다. 그의 모든 생각과 행동은 자기중심적이었으며, 다른 사람들에게 고통을 줌으로써 짐승같이 탐욕스러운 쾌락을 만끽했다. 하이드는 마치 돌로 된 심장을 가진 자처럼 냉혹했다. 헨리 지킬은 때때로 하이드가 저지른 일들 앞에서 아연실색하기도 했다. 하지만 그는 '범죄를 저지른 것은 자기가 아니라 하이드가 아닌가'라고 합리화하며 양심의 가책에서 벗어났다. 또한 그로 인해 지킬 자신은 조금도 나빠진 게 없었다. 지킬의 선한 기질은 조금도 손상되지 않은 채, 그대로 유지되었던 것이다. 그는 심지어 하이드가 저지른 악행에 대해 가능한 한 보상을 해주려고 노력하기도 했다. 그런 행동을 통해 양심의 가책에서 어느 정도 벗어날 수 있었던 것이다.

내가 묵과했던 비열한 행동들을—나는 아직까지도 그 행동들을 내가 저질렀다고 인정할 수 없다—시시콜콜 늘어놓고 싶은 생각은 없다. 하지만 응징의 순간이 다가오고 있음을 알리는 경고음이 울렸다는 것, 조금씩 조금씩 그 순간을 향해 다가가는 일련의 과정들이 있었다는 것만 지적하기로 하자.

그중 한 사건—사실 별다른 결과를 가져오지는 않았지만—에 대해 언급해보기로 하겠다.

내가 한 어린아이에 대해 행했던 잔인한 행위를 보고 지나던 행인 한 명이 내게 화를 냈다. 나중에 알고 보니 어터슨의 친척이었다. 의사와 아이의 가족까지 합세해서 윽박지르는 통에 나는 한순간 목숨의 위협을 느끼기도 했다. 에드워드 하이드는 격분한 그들을 달래기 위해 집으로 데리고 간 후, 헨리 지킬의 이름으로 서명이 된 수표를 지불해주었다. 그리고 앞으로 또 그런 사건이 있을 것에 대비해서 나는 다른 은행에 에드워드 하이드의 이름으로 계좌를 새로 개설했다. 나는 펜의 기울기를 평소와 반대로 해서 서명을 했고, 그로써 나는 모든 위험에서 벗어날 수 있다고 생각했다.

그러던 어느 날이었다. 댄버스 경 살해 사건이 있기 두 달 전이었다. 나는 하이드로 변해 모험을 즐기고 늦은 시각에 돌아와 잠자리에 누웠다. 그런데 다음 날 아침 깨어보니 뭔가 느낌이 이상했다. 나는 주위를 둘러보고 가구들을 살펴보았다. 틀림없이 스퀘어의 내 방이었다. 하지만 그 무언가가, 내가 지금 여기 있지만 여기 있는 것이 아니라고 말하는 것 같았다. 내가 있어야 할 방에서 깨어난 것이 아니라, 에드워드 하이드의 몸으로 잠드는 소호의 작은 방에서 깨어난 것만 같았다.

나는 스스로를 비웃으며, 도대체 왜 그런 착각이 드는지 곰곰 생각하다가 간간이 다시 나른한 새벽잠에 빠져들기도 했다. 그러던 어느 순간, 다시 잠에서 깨었을 때 문득 눈길이 내 손으로 갔다. 그런데 그 손은 크고 단단한 지킬 박사의 손이 아니었다. 그 손은 가늘고 힘줄이 두드러져 있는 데다, 마디도 굵었다. 게다가 털이 무성하게 나 있는 그 손, 그 손은 바로 에드워드 하이드의 손이었다.

나는 족히 30초 정도는 그 손을 뚫어지게 바라보았을 것이다. 처음에는 그저 어안이 벙벙해 있을 뿐이었지만 금세 나는 깜짝 놀랐으며 공포심에 사로잡혔다. 나는 침대에서 튕기듯 일어나 거울로 달려갔다. 내 눈에 마주친 모습을 보고 나는 그대로 얼어붙는 것 같았다.

그렇다. 나는 헨리 지킬로 잠이 들었다가, 에드워드 하이드로 깨어난 것이다. 이걸 어떻게 설명할 수 있단 말인가? 나는 그렇게 자문하다가 또 다른 공포에 사로잡혔다. 어떻게 이걸 되돌릴 수 있단 말인가?

벌써 아침이 밝았고 하인들은 깨어나 있었다. 내 약은 모두 소호의 서재에 있었다. 서재까지는 먼 거리였다. 계단을 내려가 복도를 지난 후, 마당을 가로질러 해부 강의실을 지나야만 했다. 얼굴을 가리면 가능할 수도 있겠지만 이 줄어든 키는 어쩌란 말인가?

하지만 나는 곧 안도했다. 하인들이 이미 하이드의 얼굴에 익숙해 있지 않은가? 나는 가능한 한 몸에 맞는 옷을 억지로 골라 입고 당당하게 집 안을 지나갔다. 그렇게 이른 시각에 그렇게 이상한 옷차림을 한 하이드의 모습을 보고 하인들이 뒷걸음질을 쳤지만 별다른 불상사는 없었다.

10분 후 원래의 모습으로 돌아온 지킬 박사는 우울한 표정으로 식탁에 앉아 아침 식사를 먹는 둥 마는 둥 했다. 정말로 식욕이 없었다. 이 설명하기 어려운 사건은 마치 내게 하나의 판결문 같았다. 나는 이전보다 훨씬 심각하게 나의 이중 존재가 지닌 문제점, 그것이 지닌 가능성에 대해 검토해보았다.

최근 부쩍 자주 변신을 행했었다. 그로 인해 하이드의 몸은 키가 더 자란 것 같았고 피도 더 왕성하게 도는 것 같았다. 물론 내가 하이드로 변신했을 때 느낀 것들이었다. 나는 이런 일이 지속된다면 자연 발생적인 변신 능력이 강화되고, 에드워드 하이드가 지킬 박사처럼 돌이킬 수 없는 내 성품이 될 수도 있다는 위험을 느끼기 시작했다.

사실 약의 효능도 매번 일정하지는 않았다. 초기에는 완전히 실패한 일도 있었으며 여러 번 양을 두 배로 늘린 적도 있었고 어떤 때는 생명의 위험을 무릅쓰고 세 배를 복용한 일도 있었다. 하지만 약효의 불확실성은 이번 사건에 비하면 별로 우려할 바가 아니었다. 약효가 듣지 않을 때도 있었다는 것은 지킬의 저항이 강하다는 것을 의미했다. 따라서 지킬의 육신을 벗어버리기 어려웠던 초기에 반해, 이번 사건은 그 의미가 사뭇 달랐다. 즉, 나는 훌륭한 체격과 인품을 지닌 지킬 박사로서의 아이덴티티를 점차 잃어가면서 두 번째 나타난 사악한 모습과 손을 잡고 있었던 것이다. 그는 일시적인 방문객이 아니라, 이제는 나라는 존재의 주인이 되려 하고 있는 것이다.

이제 나는 지킬 박사로서 하이드라는 방문객을 심심풀이로 받아들이는 단계를 넘어서 있었다. 나는 이 두 자아 가운데 하나를 선택해야만 했다. 어떤 의미로 지킬 속에는 하이드가 있었다. 그는 하이드의 쾌락과 모험을 함께 즐겼다. 그러나 하이드는 지킬에게 무관심했다. 관심이 있다 할지라도 쫓기던 도둑이 몸을 피할 곳 정도로 기억하고 있을 뿐이었다. 지킬이 아버지와 같은 마음으로 하이드에게 관심을 쏟고 있었다면 하이드는 아들 이상으로 지킬에게 무관심했다.

나는 깊이 생각했다.

내가 지킬과 운명을 같이 한다면 어떻게 될까? 내가 비밀스럽게 간직하고 있는 모든 것, 하이드를 통해 최근 만족시키고 있는 모든 욕망을 포기해야 할 것이다. 반면 하이드와 운명을 같이 한다면? 지킬 박사로서 살아오면서 간직했던 모든 관심사와 열망을 일순간에 포기해야 할 것이다. 그리고 영원히 사람들에게 멸시를 당하며 친구 한 명 없이 지내게 될 것이다.

얼핏 보기에 너무 한쪽으로 기우는 불공평 거래로 보일지도 모른다. 하지만 고려해야 할 것은 그것만이 아니었다.

하이드를 택함으로써 오게 되는 불이익은 순전히 지킬 박사의 입장에서 고려한 것이다. 지킬은 이전에 자신을 지탱해주던 모든 것을 잃고 모든 사람과의 관계를 끊어야 한다는 사실에서 지독한 고통을 느낄 것이다. 하지만 하이드는 그럴 리가 없다. 하이드는 자신이 잃은 것에 대해 아쉬워하기는커녕 아무런 의식도 하지 않고 지내리라는 것이다.

나는 아주 특이한 상황에서 갈등을 겪고 있었지만 사실 이 문제는 인간이 지상에 존재해온 이래 언제나 인간을 사로잡고 있던 문제이기도 하다. 유혹에 몸을 떨고 있는 인간이라는 죄인 앞에는 언제나 그와 비슷한 달콤한 속삭임과 경고가 마치 주사위처럼 던져져 있는 것이 아닌가?

그렇다! 그 갈등 끝에 나는 선택했다. 나이 들고 불만 많은 의사의 길을! 그는 정직한 희망을 소중히 여기는 존재이며 주변에 친구들이 많으니까. 나는 하이드로 변신하면서 즐겼던 자유와 젊음, 가벼운 발걸음과 힘차게 뛰는 맥박, 은밀한 쾌락과 작별을 고하리라 굳게 결심했다.

하지만 그것은 겉으로만 굳은 결심이었다. 나는 그런 선택을 하면서도 무의식적으로는 다른 속마음을 품고 있었던 것 같다. 정말로 굳은 결심이었다면 나는 당연히 소호의 집도, 에드워드 하이드의 옷도 없앴어야 했다. 그런데 나는 그렇게 하지 않았다. 하이드의 옷은 아직도 내 서재에 그대로 있다.

하긴 두 달 동안 나는 스스로에게 한 약속을 잘 지켰다. 나는 두 달 동안 평생 그 어느 때보다도 엄격하게 내 생활을 이끌었고, 그에 대해 긍정적으로 생각하며 보람을 느꼈다. 하지만 시간이 흐르면서 결국 그토록 생생했던 경고음은 점차 흐릿해졌으며 양심의 목소리도 그저 일상적인 진부한 것이 되고 말았다. 나는 마치 하이드가 자유를 찾아 몸부림이라도 치는 듯이 극심한 고통과 열망에 사로잡히고 말았다. 그리고 정신이 해이해진 어느 순간, 나는 다시 한번 변신의 약을 만들어 삼켜버리고 말았다.

술고래가 자신의 악습에 대해 스스로 한 번 진지하게 반성을 하는 경우에도, 그가 술에 취해 무감각해졌을 때 겪게 될 위험들을 고려하여 술을 줄이거나 끊겠다고 결심하는 경우는 거의 없다. 내 경우도 마찬가지였다. 나는 내가 처해 있는 상황에 대해 심사숙고하면서도, 에드워드 하이드란 인물의 주된 성향, 즉 그가 도덕적으로 완전히 무감각하며, 언제고 악을 행할 준비가 되어 있다는 그 성향을 충분히 고려하지 않았다. 그리고 나는 바로 그 점 때문에 벌을 받은 것이다.

내 안의 악마는 오랫동안 갇혀 있다가 포효하며 뛰쳐나갔다. 나는 내가 약을 마시고 있는 순간에도 악을 향한 성향이 고삐가 풀려 사납게 날뛰는 것을 분명 의식할 수 있었다. 하이드가 그 불행한 희생자 댄버스 경의 예의바른 말을 들었을 때, 광포하게 날뛰게 된 것은 바로 그 때문이라고 나는 생각한다. 정신이 똑바른 사람이라면 세상에 어느 누가 그런 별것도 아닌 자극에 살인을 저지를 수 있을 것인가! 하이드는 마치 몸이 아파

짜증이 난 어린아이가 장난감을 부수듯, 비정상적인 상태에서 그 범죄를 저지른 것이다. 나는 스스로 내 내부의 균형을 깨뜨렸던 것이며, 바로 그 때문에 작은 유혹에도 그대로 굴복해 버린 것이다.

그때, 악마의 정령이 내 안에서 깨어나 폭발했다. 나는 쾌감에 몸을 떨며, 저항도 못 하는 그 행인에게 폭력을 휘둘렀고, 그를 가격할 때마다 쾌감을 맛보았다. 광란이 최고조에 달했을 때, 나는 지치기 시작했고 비로소 차가운 공포와 전율에 사로잡혔다. 안개가 흩어졌다. 나는 내 인생이 끝났음을 알았다. 나는 희열과 두려움을 동시에 느끼며 그 범죄의 현장으로부터 달아났다.

내 안의 악마적 욕구가 충족되고 희열을 맛보게 되자, 삶에 대한 애착이 팽팽하게 고조되었다. 나는 소호의 집으로 달려가 모든 서류를 없앴다. 그런 후 나는 가로등이 켜진 거리로 나왔다. 나는 양 극단의 긴장 상태에 젖어 있었다. 한편으로는 내가 지은 죄를 다시 한번 음미하며 황홀해했고, 다른 한편으로는 누가 뒤따라오지는 않는지 귀를 곤두세우고 발걸음을 재촉했다.

집으로 돌아온 하이드는 콧노래를 부르며 약을 만들었고, 자신이 살해한 사람을 위해 건배하면서 그 약을 마셨다. 이제 변신의 고통도 별로 괴롭지 않았다. 나는 다시 헨리 지킬이 되어서야 감사와 후회의 눈물을 흘리며 무릎을 꿇고 하느님을 향하여 기도했다. 방종의 베일이 낱낱이 벗겨지면서 나는 내 삶 전체를 되돌아보았다. 아버지의 손을 잡고 걷던 어린 시절, 자기부정이라는 올가미에 걸려서 지낸 교수로서의 삶, 그리고 저주받은 그 공포의 밤, 비현실적인 느낌에 사로잡혔던 그날 밤에 이르기까지……. 나는 큰 소리로 고함이라도 지르고 싶었다. 내 기억 속에서 들끓는 그 끔찍한 장면, 그때의 소리들을 눈물과 기도로 막아보려고 안간힘을 썼다.

하지만 기도를 올리는 가운데도 그 사악한 죄를 저지른 흉측한 얼굴이 내 영혼을 노려보고 있었다. 그런데 갑자기 후회의 격렬한 고통이 사라지면서 희열이 찾아왔다. 갑자기 모든 것을 해결할 수 있다는 생각이 든 것이다. 그래, 앞으로 하이드는 없다. 내가 원하든 원하지 않든, 나는 제한된 자아의 모습으로 남아 있어야만 한다. 하이드가 광포한 상태에서 저지른 죄악은 하이드 자신을 이 세상에 더 이상 존재할 수 없게 만들어버린 것이다.

그 생각만으로도 나는 얼마나 기뻤던가! 나는 기꺼이 그 제약을 받아들였고, 하이드의 삶을 진심으로 포기한다는 뜻에서 내가 자주 들락거리던 문을 잠가버렸고 열쇠를 발로 밟아버렸다.

다음 날, 누군가 살인 장면을 내려다보고 있었다는 뉴스가 신문에 실렸고, 하이드가 범인이라는 것, 희생자는 사람들에게 큰 존경을 받던 인물이라는 것이 세상에 훤하게 밝혀졌다. 그건 단순한 범죄라기보다는 정말로 바보 같은 짓이었다. 그것을 알고 나서 나는 오히려 기뻐했던 섯 같다. 교수형에 대한 두려움 때문에 나의 충동을 보다 잘 억제하고 감시할 수 있게 되었기 때문이었다. 지킬은 이제 나의 은신처가 되었다. 나는 그 은신처에 꽁꽁 숨어 있어야 했고, 그렇기에 하이드로의 변신은 엄두도 못 내었다.

지킬 박사라는 은신처에서 나는 내가 지은 과거의 범죄를 보상하기 위해 선하게 살리라 결심했다. 그리고 그런 내 결심은 분명히 좋은 결실을 맺었다. 작년, 몇 달 동안 내가 고통 받는 사람들을 얼마나 열심히 도왔는지는 어터슨 자네도 잘 알리라고 생각한다. 그러는 가운데 시간은 조용히, 그리고 행복하게 흘러갔다. 나는 그런 선행에 싫증을 내지도 않았다. 오히려 하루하루 점점 더 즐겁게, 그리고 열심히 선행을 베풀었다.

하지만 언제까지나 그럴 수는 없었다. 내 안에는 이미 육신을 부여받은 적이 있던 또 다른 자아가 강렬하게 꿈틀거리고 있었다. 나는 이미 저주받은 상태에 있었던 것이다.

선행을 베풀며 몇 달 지내다보니 자연스럽게 초기의 긴장이 풀어졌다. 그러자 낮은 곳에 엎드려 있던 내 자아가 풀어달라고 으르렁거리기 시작했다. 물론 나는 하이드의 소생을 꿈꾸지 않았다. 오히려 그 생각만 해도 진저리를 치고 분노했다. 하지만 바로 그런 내 자신 내부에서 다시 한 번 내 의식으로 장난을 쳐보고 싶은 유혹이 은밀하게 고개를 들었다.

내게 그 유혹은 치명적일 수 있었다. 악마에게 잠시 굴복했던 나는 이미 영혼의 균형을 잃은 상태였기 때문이다. 나는 그 유혹을 일종의 경고로 받아들였어야만 했다. 그런데도 나는 그런 유혹을 느끼면서 마치 약을 발견하기 이전의 상태로 내가 돌아간 것처럼 착각하고 있었다. 그리고 그 유혹을 자연스러운 것처럼 생각하고 있었다. 그 유혹을 경고로 받아들이지 않고 자연스럽게 생각하게 된 순간, 엎드려 있던 자아가 벌떡 몸을 일으켰던 것이다.

화창한 1월의 어느 날이었다. 얼었던 땅이 녹아 질퍽질퍽했지만 하늘에는 구름 한 점 없었다. 나는 공원 벤치에 앉아 햇볕을 즐기고 있었다. 내 안의 짐승은 으르렁거리며 달콤한 기억의 편린들을 핥고 있었고, 반면에 나의 정신은 나태해서 졸고 있었다. 나는 나와 다른 사람들을 비교하며, 또한 지금 활동 중인 나의 선한 의지와, 내 속에 잠들어 있는 잔인함, 남들이 전혀 알아볼 수 없는 그 잔인함을 비교하며 얼굴에 미소를 띠고 있었다.

내가 그렇게 오만에 가득 찬 생각을 하고 있던 바로 그 순간, 갑자기 내게 구토가 찾아오면서 몸이 떨리기 시작했다. 곧이어 그 증상들이 사라지고 나는 정신을 잃었다. 이윽고 서서히 정신이 되돌아오면서 나는 자신의 성격이 변했다는 것을 감지할 수 있었다. 나는 훨씬 대담해졌으며, 위험을 경멸했고, 의무라는 구속에서 벗어나 있었다.

나는 나를 내려다보았다. 줄어든 내 몸 위에 옷이 헐렁하게 걸쳐져 있었다. 내 무릎 위에 놓인 손에는 핏줄이 불거져 있었으며 털이 무성했다. 나는 다시 한번 에드워드 하이드가 된 것이었다. 조금 전까지만 해도 나는 모든 사람들의 사랑과 존경을 받는 훌륭한 사람이었다. 그런데 졸지에 나는 모든 사람들이 뒤쫓는 살인자가 되어버렸다. 숨을 곳도 없는 자가 되어 교수대로 끌려갈 수밖에 없는 처지에 놓이게 된 것이다.

그러자 하이드의 이성이 활동하기 시작했다. 하이드의 이성은 매우 예리하고, 에너지가 넘쳤다. 지킬 박사라면 포기했을 상황에서도 하이드는 번번이 다시 일어나곤 했다.

내 약은 서재의 서가에 있다. 그것을 어떻게 손에 넣을 것인 가가 풀어야만 하는 숙제였다. 내가 직접 집으로 들어갈 수는 없었다. 하인들이 나를 붙잡아 경찰에 넘길 것이다. 그렇다면 다른 사람의 손을 빌려야 한다. 곧바로 래니언의 얼굴이 떠올 랐다.

하지만 그에게 어떻게 연락을 할 것이며, 어떻게 그를 설득 할 것인가? 또한 거리에서 사람들의 눈을 피해 어떻게 그의 집 에 갈 수 있을 것인가? 순간 나는 이제 내 안으로 숨어 든 또 다른 자아를 생각해냈다.

그렇다. 지킬 박사의 이름으로 편지를 쓰면 된다. 생각이 거 기에 미치자 다음에 해야 할 일들이 처음부터 끝까지 훤하게 드러나 보였다.

나는 복장을 최대한 가다듬은 후, 지나가는 마차를 세워 전 부터 기억하고 있던 호텔로 갔다. 내 우스꽝스러운 모습을 보 고 마부는 웃음을 참지 못했다. 하지만 내가 화를 벌컥 내자 그 는 웃음을 거두어들였다. 마부 편으로 보나 나로 보나 다행이 었다. 만일 그가 웃음을 멈추지 않았다면 나는 분명히 그를 마 차에서 끌어내렸을 것이고 사태는 전혀 다른 방향으로 흘러갔을 것이다.

호텔에 도착하자 사나운 눈길로 주변을 둘러보는 내 모습을 보고 종업원들은 겁을 먹었다. 그들은 순순히 내 지시를 들어주었으며, 나를 방으로 안내한 후, 필기도구도 가져다주었다. 하이드는 래니언과 풀에게 매우 중요한 두 통의 편지를 쓴 후, 종업원에게 등기로 보내라고 지시했다.

편지를 보내고 난 후 그는 하루 종일 난롯가에서 손톱을 물어뜯으며 지냈다. 그리고 그는 방에 홀로 앉아 두려움과 함께 저녁을 들었다. 밤이 되자 그는 마차 한구석에 앉아 거리 이곳 저곳을 오갔다.

나는 지금 또 다른 나를 '그'라고 부르고 있다. 차마 '나'라고 말할 수 없기 때문이다. 그 지옥의 자식에게 인간다운 면은 조금도 없었다. 그 안에는 공포와 증오만이 존재하고 있었다.

밤이 깊어지자 그는 마차에서 내렸다. 그는 공포와 증오에 휩싸여 인적을 피해 밤거리를 걸었다. 한번은 길 가던 여자가 성냥 비슷한 것을 내밀며 그에게 말을 걸었다. 그는 여자의 얼굴을 때렸고 여자는 놀라서 도망갔다.

이윽고 자정이 되어 나는 래니언을 만났고 '그'는 다시 '나'로 돌아왔다. 그때 래니언이 느꼈던 공포는, 내가 지금 그 당시를 되돌아보며 느끼는 혐오감에 비한다면 바닷물에 떨군 물 한 방울에 불과하다. 지금 내게는 중요한 변화가 찾아왔다. 지금 나를 괴롭히는 것은 교수대에 서게 될지도 모른다는 두려움이 아니다. 나는 지금, 내가 다시 하이드로 변할 수도 있다는 생각 때문에 괴롭다.

나는 집으로 돌아온 후 깊은 잠에 빠져들었다. 아침에 일어나자 기운이 하나도 없고 피곤했지만 기분은 상쾌했다. 내 안에서 나와 함께 잠든 그 짐승 생각에 두렵고 혐오스러웠지만 어쨌든 나는 나의 집, 약 가까이 있었다. 그 위험에서 탈출할 수 있게 된 데 대해 하느님께 감사하는 마음까지 들었다.

나는 아침 식사 후 정원을 한가롭게 거닐며 신선한 공기를 기쁜 마음으로 호흡했다. 그런데 갑자기 또 변신의 징후가 찾아왔다. 나는 서둘러 겨우 내 방으로 몸을 피했다. 방으로 돌아온 나는 또다시 하이드의 열정에 사로잡혀 분노에 몸을 떨고 있었다. 이번에는 두 배의 약을 먹고 나서야 겨우 지킬 박사로 돌아올 수 있었다.

그런데 그 상태는 오래 지속되지 못했다. 불행히도 여섯 시간 후에 똑같은 증상이 시작되었고, 또다시 많은 양의 약을 만들어 복용해야만 했다.

간단히 말하자. 그날 이후 나는 곡예를 하듯 힘든 노력을 기울여야만, 즉각적으로 많은 양의 약의 힘을 빌어야만 지킬 박사의 모습으로 있을 수 있었다. 밤이나 낮이나 하이드로 변신하려는 전조로 몸을 떨어야 했고, 잠이 들거나 의자에 앉아 잠시 졸기만 해도 어김없이 나는 하이드가 되어 있었다.

그렇다. 지킬이 허약해지면 허약해질수록 하이드의 힘은 커져갔다. 이제 내 안의 주인이 뒤바뀔 판이었다. 하이드는 내가 가장 자연스러운 상태에 있을 때 나를 점령해버렸다. 내 안이 마치 악의 구렁텅이가 되어버린 것 같았다. 형체가 없는 먼지 같던 것이 몸짓을 하고 죄를 지었다. 죽어 있던 것, 아무런 형상도 갖지 않고 있던 것이 생명의 자리를 차지하려 하고 있다. 이제 그 공포스러운 반란자는 아내보다 더 가까이, 내 눈보다 더 가까이 내게 붙어 있었다. 육체 안에 갇혀 누워 있는 그 괴물이 중얼거리는 소리가 들렸고, 깨어나려고 꿈틀거리는 게 느껴졌다.

이제 지킬과 하이드는 서로 증오하고 싸웠다. 지킬은 그 괴물이 사악함의 화신이었기에, 도저히 생명을 지닌 유기체로 볼 수 없기에 하이드를 증오했다. 반대로 하이드는 지킬이 자신을 혐오한다는 사실이 괘씸해서 그를 증오했다.

하지만 그런 것은 다 부질없는 이야기이다. 게다가 둘 사이의 미묘한 관계를 다 설명하기에는 시간도 부족하다. 더욱이 어느 누구도 이런 고통을 겪은 적이 없으니, 그럴 듯하게 설명하기도 힘들다.

하지만 한 가지만 이야기하자. 그 고통이 너무 자주 반복되자, 영혼에 무슨 굳은 살 같은 것이 생겨나, 절망에 순응하게 되었다. 오해는 마라. 그 고통이 완화되었다는 뜻이 아니다. 고통은 여전했지만, 그 고통과 함께 살아갈 수도 있게 되었다는 뜻일 뿐이다. 아마 그런 식의 형벌을 받으며 몇 년을 더 살아갈 수도 있었으리라.

하지만 결국 마지막 재앙이 찾아왔다. 그동안 비축해 놓았던 염류가 바닥을 보이기 시작한 것이다. 풀을 시켜 다시 염류를 구입하고 약을 조제했다. 하지만 효과가 없었다. 내가 풀에게 얼마나 샅샅이 런던의 화학 약품상을 뒤지게 했는지는, 풀에게 들어서 알 것이다. 하지만 모든 것이 허사였다. 아마, 내가 처음에 구입했던 염류에 나도 모를 그 어떤 불순물이 들어 있었고, 그 불순물이 효과를 발휘했던 것이 아닌가 짐작될 뿐이다. 결국 내가 성공이라고 믿었던 내 발견은 불완전한 것이었고 거기에는 '우연'이 개입되어 있었다.

일주일가량이 지났다. 나는 마지막 약의 효능에 힘입어 이 글을 쓰고 있다. 지금이 헨리 지킬이 스스로의 생각으로 생각하고, 자기 스스로의 얼굴(아, 얼마나 슬프게 변했는가!)을 거울에서 볼 수 있는 마지막 짧은 순간이다. 이제 하이드가 된다면 영영 지킬로 돌아올 수 없다. 그러니 너무 시간을 끌지 말고 빨리 글을 맺어야 한다. 만일 이 글이 찢어지지 않은 채 남으려면 내가 마지막까지 신중하게 일을 처리해야 하고 또 행운도 따라야 한다.

내가 이 글을 쓰는 동안 하이드로 변신한다면 모든 게 허사이다. 그는 이 글을 발기발기 찢어버릴 것이다. 그러나 내가 이 편지를 잘 보관해둘 시간만 있다면 그런 재앙을 피할 수도 있으리라. 하이드는 언제나 자기중심적이고 순간에만 집착하기 때문에 나중에는 이 글에 대해 너그러울 수도 있기 때문이다.

이제부터 한 시간 반 후면 나는 다시 한번, 그리고 영원히 그 가증스러운 인격체로 변할 것이다. 나는 의자에 앉아 울고 있거나, 초긴장 상태에서 귀를 기울이며 이 방을 왔다 갔다 할 것이며, 위협적인 소리라도 나면 귀를 곤두세울 것이다.

과연 하이드는 교수대 위에서 죽을 것인가? 혹은 마지막 순간에 용기 있게 스스로를 놓아줄 것인가? 오직 하느님만이 알 수 있을 것이고 나는 상관하지 않는다. 이제 진정, 내 죽음의 시간이 왔다. 그리고 이제부터 벌어질 일들은 내가 아닌 다른 자

에 관계되는 일이다. 그러니 이제 나는 펜을 내려놓고 내 고백
을 봉한 후, 저 불행했던 헨리 지킬의 삶에 종지부를 찍으리라.

마
크
하
임

마크하임

"그렇습죠." 상인이 말했다. "우리 가게는 다양한 방법으로 과외 수입을 올리지요. 어떤 손님들은 무식해요. 그러면 나의 이 빼어난 지식으로 이득을 얻어요. 그리고 어떤 손님들은 정직하지 못해요." 그는 촛불을 들어 손님의 얼굴을 똑바로 비추면서 말을 이었다. "그럴 때면 내가 지닌 미덕이 한몫하지요."

한낮의 밝은 거리로부터 막 상점으로 들어선 참이었기에 마크하임의 두 눈은 가게 안의 어슴푸레한 분위기에는 아직 익숙해지지 않은 상태였다. 그는 어딘가 가시가 돋친 듯이 느껴지는 주인의 말 때문에, 게다가 바로 눈앞에서 널름거리는 불꽃 때문에 두 눈을 힘겹게 껌뻑거리더니 시선을 옆으로 돌렸다.

상인이 낄낄거리며 말을 이었다.

"크리스마스 날에 우리 가게에 오면 어떻게 합니까? 내가 가게에 혼자 있다는 걸 빤히 알면서……. 게다가 셔터를 내리고, 절대로 장사를 안 한다는 것도 빤히 알면서……. 암튼, 그 대가를 지불해야 할 겁니다. 게다가 장부를 정리해야 할 시간을 빼앗은 데 대한 대가도 지불해야 하지요. 또 있어요. 내가 금세 알아차렸지만 오늘 당신 태도가 유난히도 수상하거든. 나는 아주 사려가 깊은 사람이니 이러쿵저러쿵 골치 아픈 질문은 하지 않겠어요. 그래도 그 대가는 지불해야 할걸요. 손님이 내 눈을 똑바로 바라보지 못한다면 그 대가를 지불해야 하는 거 아닌가요?"

상인이 다시 한번 낄낄거렸다. 이어서 그는, 빈정거리는 투가 완전히 사라진 것은 아니었지만 평상시의 사무적인 말투로 바꾸며 말했다.

"평소와 마찬가지로, 어떻게 그 물건을 손에 넣었는지 분명히 설명할 수 있겠지요? 이번에도 삼촌 캐비닛에서 나온 물건인가요? 그분, 정말 대단한 수집가야!"

등이 휘어진 작은 체구에 창백한 얼굴의 상인은 거의 까치발을 한 채 금테 안경 너머로 상대방을 바라보면서 고개를 끄덕였다. 불신의 표시가 분명히 드러나 있는 시선이고 몸짓이었다. 마크하임은 다시 상인 쪽으로 시선을 돌렸다. 마크하임의 시선에는 극도의 동정심과 혐오감, 두려움이 뒤섞여 있었다.

마크하임이 말했다.

"이번엔 잘못 아셨는데요. 물건을 팔러 온 게 아니라 사러 온 겁니다. 이제는 처분할 골동품도 없어요. 삼촌 캐비닛이 텅 비어버렸거든요. 뭐, 물건들이 온전히 있었더라도 내가 주식으로 재미 좀 봤으니 거기 물건을 집어내기보다는 뭔가 채워 놓았을 걸요. 오늘 용건은 너무 간단해요. 어떤 숙녀에게 줄 크리스마스 선물을 사려고요."

미리 준비해온 말을 꺼내게 되자 마크하임은 훨씬 더 매끈하게 말을 이어 나갔다.

"이런 사소한 문제로 귀찮게 해드려서 정말 죄송합니다. 어제 해야 할 일이었는데 게으름을 피우는 바람에⋯⋯. 오늘 저녁 식사 시간에 작은 성의 표시를 해야 해서요. 잘 아시겠지만 부유한 집안의 숙녀와 결혼을 하려면 세심하게 신경을 써야 하지 않겠습니까."

침묵이 이어졌다. 상인은 마크하임의 말을 믿지 못하겠다는 듯 속으로 곱씹고 있는 것 같았다. 가게에 널려 있는 온갖 잡동사니들 사이에서 시계들이 째깍거리는 소리가 들려왔고, 가까운 도로에서 들려오는 마차 굴러가는 희미한 소리가 정적 사이 사이를 채웠다.

"네, 좋습니다." 이윽고 상인이 입을 열었다. "뭐, 그렇게 하지요. 어쨌든 오랜 단골이니까요. 게다가 당신 말대로 좋은 결혼을 할 기회가 생겼다면 내가 훼방을 놓을 수는 없는 노릇이지. 자, 여기 숙녀분에게 어울리는 멋진 물건이 하나 있습니다."

상인은 물건 하나를 가리키며 말을 이었다.

"손거울입니다. 15세기에 만들어진 겁니다. 보증서도 있어요. 훌륭한 수집품들에서 나온 물건이지요. 하지만 고객 보호를 위해 그분 이름은 알려드리지 않겠습니다. 어쨌든 그 양반도 당신처럼 아주 뛰어난 수집가의 조카이자 유일한 상속인입니다."

상점 주인은 무미건조한 목소리로 말을 하면서 물건을 진열장에서 꺼내려고 몸을 숙였다. 그가 그런 동작을 취하는 순간 그 어떤 충동이 마크하임을 휩쓸고 지나갔다. 처음에는 손과 발로부터 시작된 그 충동이 갑자기 그의 얼굴까지 치솟아 올랐고 순간 그의 얼굴에는 온갖 격앙된 표정이 나타났다. 하지만 그 충동은 마크하임이 거울을 받아들었을 때 손이 약간 떨린 것을 제외하고는 아무런 흔적도 남기지 않은 채 올 때처럼 재빨리 사라졌다.

"거울이라⋯⋯." 마크하임이 쉰 목소리로 말했다. 그는 잠시 말을 멈추었다가 같은 말을 좀 더 또렷하게 반복했다.

"거울이요? 크리스마스 선물로요? 말도 안 돼요."

"왜 안 된다는 겁니까?" 가게 주인이 큰 소리로 말했다. "손거울이 왜 안 된다는 겁니까?"

마크하임은 뭐라고 묘사하기 어려운 묘한 표정으로 주인을 바라보았다.

"왜 안 되냐고요?" 마크하임이 말했다. "자, 어디 한번 이 거울을 보세요. 그 안을 들여다보라고요. 거기 비친 당신 모습을 보라고요! 그걸 들여다보고 싶어요? 아닐걸요! 나도 들여다보기 싫어요. 누구나 다 마찬가지일걸요."

마크하임이 갑자기 거울을 눈앞으로 불쑥 들이밀자 작은 체구의 사내는 뒤로 훌쩍 물러났다. 하지만 마크하임의 손에 별로 위험한 것이 들려 있지 않은 것을 알아차리고는 상인은 낄낄거리며 말했다.

"댁의 숙녀분께서 별로 미인이 아니신가 보군요."

"아니, 크리스마스 선물을 달랬더니," 마크하임이 말했다. "이런 걸 내놓는단 말입니까? 지난 세월과 죄악과 어리석은 짓들을 상기시키는 이 망할 물건을! 이 손에 들고 다니는 양심을!

의도적인 겁니까? 속에 무슨 생각을 품고 있던 겁니까? 어디 말해봐요. 솔직히 말하는 게 좋을걸요. 자, 어디 당신 자신에 대해 말해봐요. 내가 함부로 짐작하건대 당신은 속으로는 아주 관대한 사람 아닌가요?"

주인은 상대방을 유심히 쳐다보았다. 묘했다. 마크하임은 웃고 있는 것 같지 않았다. 그의 얼굴에는 열렬한 희망의 불꽃 같은 것이 드러나 있었지만 결코 즐거운 표정은 아니었다.

"무슨 뜻으로 하는 말입니까?" 가게 주인이 물었다.

"관대하지 않다는 건가요?" 마크하임이 우울한 표정으로 말을 받았다. "관대하지도 않고, 경건하지도 않고, 양심적이지도 않고, 사랑하지도 않고 사랑받지도 못하는군요. 돈을 벌어들이는 손과 그 돈을 넣어둘 금고만 있을 뿐. 그게 답니까? 맙소사, 그게 다냐고요?"

"내가 말해드리지." 상인이 신랄한 어투로 입을 열었다. 하지만 곧 말을 끊고 다시 낄낄거렸다. "하긴 이건 당신 연애 문제지. 게다가 숙녀분 건강을 위해 한잔하셨군."

"아!" 마크하임이 기묘한 호기심을 드러내며 말했다. "아, 당신 사랑을 해봤군요? 그 이야기를 해주세요."

"내가!" 상인이 소리쳤다. "내가 사랑을! 그럴 시간도 없었고,

지금 이런 말도 안 되는 이야기나 지껄이고 있을 시간도 없소. 이 손거울을 사겠소, 말겠소?"

"서두를 거 없어요." 마크하임이 그의 말을 받았다. "이렇게 서서 이야기를 나누는 건 즐거운 일이에요. 인생은 짧은 데다 불안정하니 그 어떤 즐거움도 성급하게 떠나보내고 싶지 않아요. 그러면 안 되지요. 설사 이런 가벼운 즐거움이라도 밀이에요. 우리는 마치 낭떠러지 끝에 매달려 있는 것처럼 제아무리 하찮은 것이라도 우리가 얻을 수 있는 것에 매달려야 해요. 생각해보면 매 순간이 절벽, 1마일이 넘도록 까마득한 높이의 그런 절벽입니다. 거기서 떨어지면 우리의 인간성이라는 건 산산조각이 나버릴 수밖에 없는 그런 절벽! 그러니 즐겁게 이야기를 나누는 게 최선이지요. 자, 우리 이야기를 나누어요. 우리가 왜 이렇게 가면을 써야 합니까? 우리, 속을 터놓지요. 우리가 친구가 될 수 있을지 누가 압니까?"

"당신에게 딱 한 마디만 하겠소." 상인이 말했다. "물건을 사든지, 아니면 가게에서 나가시오."

"그래, 맞아요." 마크하임이 말했다. "무슨 바보 같은 짓이람. 볼일이나 봐야지. 다른 물건을 보여주세요."

상인은 다시 한번 허리를 굽혔다. 이번에는 거울을 선반에 다시 놓기 위해서였다. 그의 가느다란 금발이 눈가로 흘러내렸다. 마크하임은 한 손을 외투 주머니에 넣은 채 상인에게 가까이 다가갔다. 그는 몸을 곧추세우고 심호흡을 했다. 순간 그의 얼굴에 온갖 감정들이 한꺼번에 드러났다. 두려움, 전율, 그리고 결의, 유혹, 그리고 육체적 혐오감……. 윗입술이 사납게 치켜 올라갔고 그의 이빨이 드러났다.

"이게 적당할 것 같소." 주인이 말하면서 몸을 다시 일으키려는 순간 마크하임이 희생자의 등 뒤를 덮쳤다. 꼬챙이처럼 생긴 긴 단검이 번쩍이더니 밑으로 내리 찍혔다. 상인이 암탉처럼 버둥거리다가 선반에 관자놀이를 부딪치더니 쿵 소리를 내며 바닥에 쓰러졌다.

가게의 시계들이 각기 작은 소리로 시간을 알렸다. 오래된 시계들은 연륜을 보여주듯 느리고 장중한 소리를 냈고 어떤 것들은 성급하게 재잘거리는 듯한 소리를 냈다. 모든 시계가 째깍째깍 얽히고설킨 합창 소리를 내며 '순간'들을 몰아내고 있었다. 그 순간 보도 위를 달려가는 어느 행인의 묵직한 발걸음에 시계들이 내는 소리가 파묻혀버렸다. 마크하임은 깜짝 놀라 정신이 번쩍 들었다. 그는 두려운 듯 주위를 두리번거렸다. 카운터 위에 세워진 양초 불꽃이 바람에 근엄하게 흔들렸다. 그

하찮은 움직임에 방 전체가 소리 없는 소동으로 채워졌고 바다처럼 부풀어 올랐다. 커다란 그림자가 너울거렸고 거대한 점들이 숨을 쉬듯 부풀어 올랐다가 줄어들곤 했으며 초상화의 얼굴들과 중국 신들의 얼굴들이 마치 물에 비친 형상처럼 그 모습을 바꾸며 출렁거렸다. 가게 안쪽 문이 약간 열려 있어서 그림자로 둘러싸인 가게 안으로 가느다란 햇살이 비집고 들어와 있었다. 마치 문이 손가락으로 뭔가를 가리키며 안을 응시하는 것 같았다.

마크하임은 공포에 사로잡힌 채 여기저기 두리번거리다가 눈길을 희생자의 시체로 돌렸다. 시체는 몸을 웅크린 자세로 뻗어 있었다. 살아 있을 때보다 믿을 수 없을 정도로 작았고 기이할 정도로 볼품이 없었다. 누추한 싸구려 옷을 입은 채 가게 주인은 그토록 볼품없는 자세로 마치 톱밥처럼 누워 있었다. 마크하임은 그것을 바라보는 것이 두려웠다. 하지만 제길! 그건 이제 아무것도 아니었다. 그렇지만 그것을 바라보고 있자니 낡은 옷가지들과 피 웅덩이가 생생한 목소리를 내는 것 같았다. 시체는 분명히 거기 쓰러져 있었다. 누군가 정교한 관절을 다시 움직이게 한다거나 시체가 살아 움직이게 만드는 기적을 행할 수는 없었다. 시체는 누군가에게 발견되기 전까지 그곳에 그렇게 쓰러져 있을 것이다. 발견된다! 그렇다면 그다음에는? 그러면 이 시신이 고함을 질러 그 고함이 영국 전역에 울려 퍼질 것이며 온 세상을 그 메아리로 채울 것이다. 그래, 죽었건 죽지 않았건 그는 여전히 적이었다.

'이자를 해치울 때도 시간은 나의 적이었다'라고 그는 생각했다. 그러자 갑자기 '시간'이라는 단어가 그의 마음을 사로잡았다. 행위가 완수된 지금, 그 시간이, 희생자에게 약으로 주입해버린 그 시간이 이제 살인자에게는 절박하고 중대한 것이 된 것이다.

그가 아직 그런 생각에 사로잡혀 있을 때 시계들이 제각각 다른 속도와 소리로 하나씩 잇따라 오후 3시를 알리기 시작했다. 어떤 것은 대성당 첨탑의 종처럼 깊은 소리를 냈고 어떤 것은 왈츠의 서곡처럼 고음을 냈다.

침묵에 싸여 있던 방에서 갑자기 그렇게 많은 소리들이 터져나오자 마크하임은 비틀거렸다. 그는 심신을 추스르고 초를 든 채 움직이는 그림자에 둘러싸여 이리저리 서성였다. 그러다가 우연히 거울들에 비친 자신의 모습이 보이자 그는 화들짝 놀랐다. 수많은 값비싼 거울들, 영국 국내산, 혹은 베네치아나 암스테르담산 거울들에 비친 자신의 모습을 마크하임은 들여다보고 또 들여다보았다. 그것들은 마치 스파이 무리 같았다. 거울 속에서 그 자신의 눈들이 그를 맞이하고 그를 탐지했다. 가벼운 발걸음이었음에도 불구하고 그의 발걸음 소리가 주변의 정적을 깨뜨렸다. 여전히 주머니에 손을 찔러 넣은 채 그는 마음속으로 자신의 계획에 그 얼마나 많은 결함들이 들어 있었는지 자책하기 시작했다.

좀 더 조용한 시간을 택했어야 했다. 알리바이를 마련해 두었어야 했다. 칼을 사용하지 말았어야 했다. 좀 더 조심했어야 했다. 주인을 묶은 다음 입에 재갈만 물리고 죽이지 말았어야 했다. 좀 더 대담해져서 하녀도 죽였어야 했다. 모든 것을 이와는 다르게 했어야만 했다. 이제는 바꿀 수 없는 일을 바꾸려고, 이제는 아무 소용없게 된 계획을 세우려고, 돌이킬 수 없게 된 과거를 다시 설계하려고 끊임없이 고심하다 보니 뼈저린 후회가 밀려왔고 심신이 녹초가 되었다. 그러는 내내 이 모든 '활동' 뒤편에는 잔인한 공포가 자리 잡고 있었다. 마치 쥐들이 황량한 다락방을 내달리듯이 공포가 그의 두뇌 가장 멀리 떨어진 곳에서 우글거리며 법석을 떨고 있었다. 만일 그 순간 경관의 손이 그의 어깨를 무겁게 짓누른다면 그의 신경은 낚싯바늘에 걸린 물고기처럼 꿈틀거렸을 것이다. 혹은 피고석, 감방, 교수대, 그리고 검은 관들의 모습이 그의 눈앞에서 빠르게 스쳐 지나갔을 것이다.

거리에 있는 사람들에 대한 두려움은, 그의 마음에, 마치 그를 포위해 오고 있는 군대 같았다. 그럴 리는 없었지만 가게 주인과 다투던 소리가 이웃 사람 귀에 들렸을지도 모르고 그들의 호기심을 자극했을지도 모른다고 그는 생각했다. 이제 그는 모든 이웃집 사람들이 꼼짝 않고 앉아서 귀를 쫑긋 세우고 있으리라고 상상했다. 크리스마스를 홀로 과거에 대한 추억에 잠겨 보내야만 하는 사람들이 이제는 그런 감미로운 추억에서 벗어나 놀란 채 제정신을 차리리라. 행복한 가족 파티가 벌어졌던 집에서는 식탁 주변으로 정적만이 감도는 채 어머니가 손가락을 들어 쉿 하며 입으로 가져가리라. 온갖 지위와 나이와 기질의 사람들이 모두 난롯가에 앉아 바깥 동정을 살피고 귀를 기울이며 자신의 목을 매달 밧줄을 꼬고 있는 것 같았다.

제아무리 조용히 걸어도 소리가 나는 것 같았다. 기다란 보헤미안 잔들이 부딪쳐 마치 벨이라도 울리듯 쨍하고 큰 소리를 냈다. 그리고 째깍거리는 시계 소리가 너무 커서 시계를 멈춰버리고 싶은 유혹을 느끼기도 했다. 그런데 곧바로 두려움의 대상이 바뀌었다. 그런 소리가 아니라 이곳을 맴돌고 있는 정적 자체가 위험의 원인으로 여겨졌으며 바로 그 정적이 행인들을 놀라게 하고 얼어붙게 만드는 것 같았다. 그는 더 대담하게 걸었고 가게 물건들 사이를 부산하게 움직였으며 마치 자신의 집에서 마음 편히 움직이는 사람처럼 허세를 부렸다.

하지만 이제 마크하임은 다른 불안감에 시달리고 있었다. 마음 한구석은 정신을 바짝 차린 채 여전히 악삭빠르게 돌아가고 있었지만 다른 한구석은 거의 정신을 잃을 정도로 떨고 있었다. 특히 한 가지 환상이 그를 강하게 사로잡고 있었다. 창백한 얼굴로 창가에서 귀를 기울이는 이웃, 끔찍한 추측에 사로잡혀 보도에서 발걸음을 멈춘 행인은 기껏해야 추측은 할 수 있겠지만 사태를 알 수는 없을 것이다. 벽돌 벽과 셔터를 내린 창문을 통해서는 오로지 소리만이 들어올 수 있을 뿐이다.

하지만 이곳 집 안에는? 이곳에 과연 주인 혼자 있었을까? 마크하임은 그렇다고 알고 있었다. 그는 하녀가 외출하는 모습을 지켜보았었다. 그녀는 애인을 만나러 간다는 것을 만천하에 과시하듯 한껏 차려입은 차림새로 '오늘 하루 외출'이라는 티를 웃음 띤 얼굴과 리본을 통해 분명하게 보여주고 있었다. 그렇다, 상인은 분명 혼자 있었다. 그러나 이 빈집 어디에선가 미세한 발걸음 소리가 마크하임에게 분명히 들렸다. 그는 뭐라고 설명할 수는 없었지만 누군가 있다는 것을 분명히 의식했다. 그렇다, 틀림없었다. 이 집 모든 방과 모든 구석구석을 그의 상상력이 뒤쫓았다. 그것은 얼굴이 없는 그 무엇이었지만 볼 수 있는 눈은 지니고 있었다. 그런데 그것은 바로 그 자신의 그림자였다. 그리고 그 그림자는 증오심 덕분에 교활하게 소생한 상인의 모습을 하고 있었다.

이따금 그는 온 힘을 다해, 여전히 그의 시선을 거부하고 있는 듯한 열린 안쪽 문으로 흘낏 눈길을 주곤 했다. 집은 천장이 높았고 채광창은 작고 더러웠으며 밖은 안개가 끼어 잘 보이지 않았다. 창을 통해 가게 아래층까지 내려온 빛은 극히 희미해서 상점의 입구만 흐릿하게 비추고 있을 뿐이었다. 그런데 그 가느다란 희미한 빛 속에서 그림자 하나가 매달려 흔들거리고 있는 것이 아닌가!

갑자기 바깥 거리에서 아주 쾌활한 신사 한 명이 지팡이로 가게 문을 두드리면서 장난기가 섞인 목소리로 주인의 이름을 큰 소리로 불러댔다. 마크하임은 온몸이 얼어붙은 채 죽은 사내를 흘낏 바라보았다. 하지만 당연했다! 상점 주인은 여전히 꼼짝 않고 누워 있었다. 그는 문 두드리는 소리와 고함 소리가 들리지 않는 먼 곳으로 사라져버린 것이다. 그는 침묵의 바다에 가라앉아 있었다. 휘몰아치는 폭풍 속에서도 주인이 알아들을 수 있었던 그의 이름은 이제 공허한 메아리가 되었다. 그 쾌활한 신사는 이내 문 두드리기를 그치고 떠났다.

그것은 남은 일을 빨리 해치워야 한다는 명백한 암시였다. 비난의 눈길을 보내는 이웃들에게서 벗어나 런던의 군중들 사이에 뒤쉬이라는, 밤이 되면 안전과 결백을 보장해주는 침대로 가서 누우라는 명백한 암시였다. 이미 손님 한 명이 찾아왔었다. 그렇다면 다른 손님이 올지도 모르고 그는 쉽사리 가버리지 않을지도 모른다. 이렇게 일을 저질러놓고 아무것도 거둬들이는 것이 없다면 그건 생각조차 하기 싫은 실패가 될 것이다. 이제 마크하임의 관심은 돈에 있었고 그 목적을 이루자면 열쇠가 필요했다.

마크하임은 어깨 너머로 안쪽의 문을 흘낏 바라보았다. 여전히 그림자가 떨리며 흔들리고 있었다. 마크하임은 희생자의 시신을 가까이 끌어당겼다. 마음속으로 혐오감이 들지는 않았지만 여전히 속이 떨렸다. 시체에서 인간적인 모습은 사라지고 없었다. 절반쯤 왕겨로 채워진 옷처럼 사지는 제멋대로 흩어져 있었고 몸통은 겹쳐진 채 바닥에 놓여 있었다. 그래도 여전히 혐오감이 드는 것은 어쩔 수 없었다. 눈으로 보기에는 그토록 생기가 없고 하잘것없어 보여도 만지기라도 하면 그 무언가 의미를 지니게 될 것 같아서 두려웠다.

그는 시체의 어깨를 잡고 똑바로 눕혔다. 시체는 이상할 정도로 가벼웠고 나긋나긋했으며 사지는 마치 부러지기라도 한 듯 기묘한 자세를 취했다. 얼굴에 표정이라고는 없었다. 마치 밀랍처럼 창백했으며 놀랍게도 관자놀이 한쪽이 피로 얼룩져 있었다. 그 모습은 마크하임에게 불쾌한 장면을 떠올리게 했으며 그 순간 마크하임은 어느 어촌의 장날로 되돌아갔다.

바람이 쌩쌩 부는 흐린 날이었고 거리는 사람들로 붐비고 있었으며 금관 악기와 북소리가 요란했고 발라드 가수의 비음 섞인 노래가 들리고 있었다. 한 소년이 호기심과 두려움을 동시에 느끼면서 군중들 사이에 섞여 이리저리 떠돌고 있었다. 이윽고 소년은 사람들이 가장 많이 모여 있는 곳에 이르렀다. 그러자 노상 점포의 커다란 칸막이에 그려진 음울하면서도 조잡한 그림들이 소년의 눈에 들어왔다. 브라운리그(엘리자베스 브라운리그는 어린 견습생을 끔찍하게 살해한 혐의로 1767년 교수형에 처해졌으며 그녀의 유골은 여전히 보관되어 있음 - 옮긴이 주)**와 그녀의 견습생이 그려진 그림, 매닝 부부**(매리 매닝과 그의 남편은 매리에게 구혼했던 남자를 손님으로 초대해 살해한 혐의로 1849년에 처형됨 - 옮긴이 주)**와 그들에게 살해된 손님**

의 그림, 터틸(위어를 살해한 도박꾼, 1823년 처형되었으며 그는 자신이 처형된 교수대를 직접 디자인했다 – 옮긴이 주)에게 살해당하는 위어의 그림 외에 악명 높은 범죄를 묘사한 20여 점의 그림이 걸려 있었다. 마크하임에게 그 장면이 마치 환영처럼 뚜렷하게 떠올랐다.

그는 다시 한번 그때의 소년이 되었다. 그는 그때처럼 다시한번 그 사악한 그림들을 바라보면서 그때와 마찬가지로 육체적 반감을 느꼈다. 그날의 드럼 소리가 귀에 울리는 바람에 귀가 먹먹해졌고 그날 들었던 노래 한 소절이 그의 기억 속에 다시 떠올랐다. 그러자 처음으로 아찔한 기분에 사로잡혔다. 숨을 쉴 때마다 욕지기가 느껴졌고 갑자기 관절의 힘이 풀렸다. 그는 안간힘을 다해서 그 모든 것을 이겨내야 했다.

마크하임은 그런 것들로부터 도망가기보다는 정면으로 맞서는 것이 더 분별 있는 행동이라고 판단했다. 죽은 자의 얼굴을 좀 더 대담하게 바라보기. 자신이 저지른 범죄의 성격과 심각성을 깊이 자각하기. 얼마 전까지만 해도 저 얼굴은 감정의 변화에 따라 움직였으며 저 창백한 입은 말을 했고, 저 몸은 자신의 의지로 지배할 수 있는 에너지가 넘치고 있었다. 그러나 지금은 마치 시계공이 손가락으로 시계의 태엽을 멈추듯 자신의 행위에 의해 저 한 생명이 멈춰버렸다.

그는 그런 식으로 제멋대로 논리를 펼쳤다. 그는 이제 더 이상 양심의 가책을 느끼지 않게 되었다. 범죄 장면을 묘사한 그림 앞에서 몸서리를 쳤던 마음, 그 마음과 똑같은 마음이 지금 실제 범죄 현장 앞에서 아무런 감흥도 느끼지 않았다. 기껏해야 세상을 매혹적으로 만들 재능을 부여받았으나 허사가 되어버린 한 사람, 제대로 살았다고 할 수 없었으면서 이제 죽어버린 한 사람을 향한 희미한 연민만을 느낄 뿐이었다. 하지만 그 감정에 눈곱만큼도 후회의 감정은 들어 있지 않았다.

이어서 마크하임은 그런 생각들을 깨끗이 떨쳐내고 열쇠를 찾아낸 다음 열려 있는 상점 문 쪽으로 향했다. 밖에는 세차게 비가 내리고 있었고, 지붕 위를 때리는 빗소리가 정적을 몰아냈다. 마치 물이 뚝뚝 떨어지는 동굴처럼 집 안의 방들에서는 끊임없이 빗소리가 귓전을 울렸고 그 소리가 시계 똑딱이는 소리와 뒤섞였다. 그런데 마크하임이 안쪽의 상점 문 가까이 갔을 때였다. 그의 조심스러운 발걸음에 응답하듯 또 다른 어떤 발걸음이 계단 위로 물러나는 소리가 들리는 것 같았다. 그림자는 여전히 문간에서 느슨하게 떨리고 있었다. 마크하임은 결심한 듯 근육에 힘을 주면서 문을 뒤로 밀었다.

비가 오는 흐린 날이었기에 바닥과 계단이 희미하게 가물거렸다. 손에 도끼창을 든 채 층계참에 서 있는 빛나는 갑주 위에도, 어두운 나무 조각들 위에도, 징두리 벽의 노란 판에 걸린 액자 그림에도 희미한 빛이 어리고 있었다. 집 안 전체를 거센 빗소리가 세차게 두드리고 있었지만 마크하임은 다른 여러 소리들을 분간해 낼 수 있었다. 발걸음 소리와 한숨 소리, 멀리서 행진하는 군대의 발걸음 소리, 카운터에서 동전이 잘그락거리는 소리, 그리고 살며시 문이 열리며 내는 삐거덕 소리 등이 둥근 지붕 위로 후두둑 떨어지는 빗소리와 배수관을 흐르는 물소리와 뒤섞였다.

이 집에 자신 혼자만 있는 게 아니라는 생각이 그를 발광 일보 직전까지 몰고 갔다. 도처에서 그 무슨 존재가 출몰하고 있었고 그를 에워싸고 있었다. 위층 방들에서 그들이 움직이는 소리가 들렸다. 가게에서 죽은 자가 일어서는 소리가 들렸다. 마크하임이 온 힘을 다해 계단을 오르기 시작하자 앞쪽의 발걸음이 슬그머니 사라지더니 뒤에서 조심스럽게 따라오기 시작했다. '내가 귀머거리이기만 했어도 내 영혼은 그 얼마나 평온했을까!'라고 그는 생각했다. 이어서 그는 다시 새롭게 주의를 집중해서 귀를 기울였다. 그는 조금도 쉬지 않고 전초 기지를 세우며 자신의 생명의 믿음직한 파수꾼 역할을 하는 자신의 감각에 대해 스스로 축복을 내리기도 했다. 그는 계속해서 고개를 돌렸다. 그리고 눈알이 눈에서 빠져나올 듯이 사방을 살펴보았다. 그의 눈길이 닿는 곳마다 그 무언가 정체 모를 것들의 자취가 사라지는 것을 느끼며 그는 어느 정도 보상을 받았다.

2층의 방문들은 약간 열려 있었다. 세 개의 문은 마치 세 군데 매복 장소 같았으며 대포 포문처럼 그를 긴장하게 만드는 것 같았다. 그는 제아무리 애를 쓰더라도 사람들의 감시의 눈을 피하거나 숨을 수는 없다고 느꼈다. 그는 제발 집에 있었더라면, 벽에 둘러싸인 채 침구에 파묻혀 하느님을 제외하고는 그 누구에게도 모습이 보이지 않았더라면, 하고 간절히 원했다.

그리고 그런 생각을 하다 보니 그에게 다른 살인자들 생각이 났다. 그는 그들이 천벌을 받을까봐 두려워했다는 이야기를 들은 것을 기억하고 약간 의아한 생각이 들었다. 최소한 자신은 그렇지 않았다. 그가 두려운 것은 자연의 법칙이었다. 그는 그 냉정한 불변의 흐름 속에 그의 범죄의 어쩔 도리 없는 증거들이 고스란히 보존되지나 않을까 두려웠다. 그리고 그가 천벌보다 열 배나 더 두려워한 것은,—그의 그 두려움은 어느 정도 미신적이었다—인간의 경험 내에 개입해 들어오는 그 어떤 균열 같은 것, 자연이 고의로 저지르는 듯한 불법 행위 같은 것이었다.

그는 숙련도가 승패를 좌우하는 게임을 해왔다. 원인에 따라 어떤 결과가 있을 것인지 계산하면서 규칙에 입각한 게임을 해왔다. 그런데 마치 패배한 폭군이 체스판을 엎어버리듯이 자연이 개입해서 연속성의 틀을 깨버린다면? 겨울이 자기가 등장할 시기를 제멋대로 바꾸는 바람에 나폴레옹에게 비슷한 일이 일어났다고 역사가들은 쓰고 있지 않은가?(나폴레옹이 러시아 원정에서 모스크바 정복 후 추위로 전쟁에 패한 사실을 말함 — 옮긴이 주) 마크하임도 그런 식으로 당할 수 있었다. 견고한 벽이 갑자기 투명해져서 마치 유리로 된 벌집의 벌들처럼 자신의 소행이 드러날 수도 있었다. 발밑의 튼튼한 판자가 유사(流砂)처럼 변해 그 속에 자신을 꽁꽁 묻어버릴 수도 있었다. 그렇다! 그를 파멸로 이끌 사고들은 얼마든지 일어날 수 있었다.

예컨대 집이 갑자기 무너져 내려 자기를 희생자의 시체 옆에 가둬둘 수도 있다. 혹은 이웃집에 불이 나서 사방에서 소방관들이 몰려들어 올지도 모른다. 그는 그런 것들이 두려웠다. 어떤 의미로는 그런 것들을 정죄(定罪)하는 하느님의 손길이라고 할 수도 있을 것이다. 하지만 하느님 자체에 관한 한 마크하임은 마음이 편했다. 그의 행동은 의심할 바 없이 상례에서 벗어난 짓이다. 하지만 그의 변명도 마찬가지로 상례에서 벗어나 있고 하느님은 그것을 알고 계신다. 마크하임이 자신은 정당하다고 느낀 것은 바로 그 점에서이지 인간들 사이에서가 아니었다.

무사히 거실로 들어가서 문을 닫자 마크하임은 공포에서 잠시 벗어났음을 의식할 수 있었다. 응접실은 난장판이었으며 카펫도 깔려 있지 않았고 포장조차 뜯지 않은 상자들과 가구들이 제멋대로 널려 있었다. 그곳에는 커다란 거울이 몇 개 있어 마크하임을 마치 무대 위의 배우처럼 여러 각도에서 비추었다. 액자에 끼운 그림과 그렇지 않은 그림들이 벽을 바라보고 세워져 있었다. 셰라턴(18세기 영국의 유명한 가구 디자이너이자 제작자—옮긴이 주) 풍의 훌륭한 찬장과 상감(象嵌)한 진열용 선반, 태피스트리 장식이 달린 크고 고풍스러운 침대도 있었다. 창문은 열려 있었다. 하지만 참으로 다행스럽게도 셔터 아래쪽이 닫혀 있어서 이웃의 눈길을 피할 수 있었다.

마크하임은 포장된 상자 하나를 선반 앞에 갖다 놓고 열쇠를 찾기 시작했다. 열쇠가 너무 많았기에 시간이 오래 걸렸으며 지루하기까지 했다. 선반 안에 아무것도 없을지도 모르는데 시간은 날개 달린 듯 흘러갔다. 하지만 일에 몰두하다 보니 그의 마음이 가라앉았다. 그는 곁눈질로 문을 바라보았으며 때로는 직접 문을 응시하면서 마치 적에게 포위된 부대의 사령관이 방어막이 튼튼한 것을 보고 안심하는 듯한 표정을 지었다. 하지만 사실 그의 마음은 평온했다. 거리에서 들려오는 빗소리도 자연스러웠고 유쾌했다. 어디선가 찬송가를 연주하는 피아노 소리가 들렸고 이어서 아이들의 노랫소리가 울려 퍼졌다. 이 얼마나 장엄하고 기분 좋은 멜로디란 말인가! 아이들의 목소리는 그 얼마나 신선한가!

마크하임은 열쇠를 찾으면서 미소를 띤 채 귀를 기울였다. 그의 마음은 찬송가에 화답하는 생각과 이미지로 채워졌다. 교회로 가는 아이들과 울려 퍼지는 오르간 소리, 들판에서 뛰어노는 아이들, 시냇가에서 멱을 감는 아이들, 목초지 가시덤불 사이를 걸어가는 아이들, 구름이 둥실 떠 있는 하늘에 연을 날리는 아이들……. 이어서 찬송가의 선율이 바뀌자 다시 교회 안의 모습이 떠올랐다. 여름날 일요일의 나른한 모습, 점잖을 떠는 교구 목사의—그 생각을 하며 마크하임은 가볍게 미소를 지었다—높은 목소리, 그리고 제임스 1세 풍의 무덤, 성상 안치소에 희미하게 새겨진 십계명…….

그렇게 때로는 바쁘게 손을 놀리기도 하고 때로는 멍한 상태에 빠지기도 하며 앉아 있다가 마크하임은 깜짝 놀라 자리에서 벌떡 일어났다. 온몸이 얼어붙는 것 같았다가 갑자기 불타오르는 것 같았고, 피가 위로 솟구쳤다. 마크하임은 못 박힌 듯 그 자리에 서서 몸을 심하게 떨었다. 천천히 계단을 올라오는 발소리가 계속 들리더니 이제 누군가의 손이 손잡이를 잡았고 이내 자물쇠 딸깍 소리가 나며 문이 열렸다.

극심한 공포가 바이스처럼 마크하임을 조여왔다. 죽은 자가 걸어온 것인지, 아니면 인간의 정의를 구현하러 온 치안 담당 관리인지, 아니면 우연히 사건을 목격한 그 누군가가 그를 교수대로 끌고 가려고 무턱대고 들어온 것인지 그는 알 길이 없었다.

그런데 누군가 얼굴을 열린 문틈으로 빠끔히 들이밀더니 방을 한번 휙 둘러보았다. 그 미지의 사람은 마크하임을 보고 고개를 끄덕이며 마치 친근한 인사라도 건네듯 미소를 짓더니 얼굴을 다시 빼낸 다음 문을 닫았다. 두려움에 사로잡힌 마크하임은 자신을 억제하지 못하고 쉰 목소리로 비명을 질렀다. 그의 비명 소리에 방문객이 다시 문을 열고 고개를 들이밀었다.

"나를 불렀습니까?" 방문객이 쾌활하게 물으면서 방 안으로 들어오더니 문을 닫았다.

마크하임은 선 채로 방문객을 뚫어져라 바라보았다. 눈에 얇은 막이라도 덧씌워진 듯했다. 방문객의 윤곽이 가게의 흔들리는 촛불 속에서 모습이 변하면서 흔들리는 우상 같았다. 때때로 자신이 그 방문객을 알고 있다는 생각이 마크하임에게 들었다. 또 때로는 그가 자신과 매우 닮았다는 생각도 들었다. 그리고 마치 생생한 한 덩어리 공포처럼 이 자가 지상의 존재도 아니고 하느님이 만들어낸 존재도 아니라는 확신이 그를 사로잡았다.

그럼에도 불구하고 미소를 지으며 마크하임을 바라보고 있는 그 존재는 이상하리만치 평범해 보였다.

그 존재가 마크하임에게 "돈을 찾고 있는 거 같군요. 그렇지요?"라고 덧붙여 말했다. 지극히 일상적인 공손한 어조였다.

마크하임은 아무 대답도 하지 않았다.

"경고해드릴 게 있습니다." 방문객이 말했다. "하녀가 평소보다 빨리 애인과 헤어져 곧 이리로 올 겁니다. 만일 마크하임 씨가 이 집에 있다가 발각되면 결과야 불을 보듯 빤하겠지요."

"나를 알고 있어?" 살인자가 소리쳤다.

방문객이 미소를 지으며 말했다.

"아주 오랫동안 당신을 좋아했지요. 당신을 오랫동안 지켜보았고 도움을 주려고 했지요."

"당신 도대체 뭐야?" 마크하임이 외쳤다. "악마야?"

"내가 뭐든 내가 당신에게 제공하려는 도움과는 아무 상관이 없어요."

"그렇지 않아!" 마크하임이 소리쳤다. "상관이 있어! 당신 도움을 받는다고? 아니, 절대로! 당신 도움은 절대로 받지 않겠어! 당신은 아직 나를 몰라. 정말 고맙게도, 당신은 나를 몰라!"

"나는 당신을 압니다." 방문객이 엄하게, 아니 차라리 단호하게 말했다. "영혼 속속들이 알고 있습니다."

"나를 안다고!" 마크하임이 외쳤다. "누가 나를 알 수 있다는 거야? 내 삶은 졸렬한 모조품일 뿐이고 나는 자신을 비방해왔을 뿐이야. 나는 내 본성을 어기며 살아왔어. 누구나 다 그런 법이잖아. 사람들은 누구나 가면을 쓰고 있고 그 가면이 점점 커지면서 그를 숨 막히게 만들어버려. 누구나 실제로는 그 가면보다 나은 법이야. 누구나 삶에 질질 끌려가고 있어. 망토로 뒤집어 씌워진 채, 괴한의 손아귀에 사로잡혀 질질 끌려가듯이 말이야. 만일 사람들이 자신을 제어할 수 있다면—만일 당신이 그들의 진짜 얼굴을 볼 수 있다면, 그들은 전부 다르게 보일 거야. 그들은 영웅이나 성자처럼 빛날 거라고! 나는 그중에 최악이야. 나는 누구보다 더 심하게 망토로 덮여 있어. 나의 변명은 나와 하느님만이 알고 있어. 하지만 내게 시간이 있다면 나 자신을 드러내 보여줄 수도 있을 텐데."

"내게 말입니까?" 방문객이 물었다.

"그 누구보다 당신에게." 살인자가 대답했다. "당신은 총명해 보였어. 나는―당신이 존재한 이래로―당신이 마음을 읽을 줄 안다고 생각했어. 그런데도 당신은 내 행동으로 나를 판단하려 했어! 생각해봐! 행동이라니! 나는 거인들의 땅에서 태어나 자라났어. 내가 어머니의 배 속에서 나온 이래 거인들이 내 손목을 잡고 나를 질질 끌었어. 상황이라는 거인들 말이야. 그런데도 나를 내 행동으로 판단한다고! 내 안을 들여다볼 수는 없어? 내가 악을 혐오한다는 것을 이해할 수 없어? 내 안에 양심이라는 글자가 분명하게 새겨져 있는 게 안 보여? 너무 자주 무시된 게 사실이지만 그 어떤 고집스러운 궤변으로도 더럽힐 수 없는 그 글자를? 인간이라면 누구에게나 공통되는 것, 그 분명한 것을 왜 내게서 읽어내지 못하는 거야? 본의가 아니게 죄인이 되었다는 그 공통점 말이야."

"아주 인상적인 표현이로군요." 방문객이 대답했다. "하지만 그런 건 나와는 상관없는 일입니다. 당신이 말하고자 하는 핵심은 내 직권 밖의 일입니다. 나는 당신이 어떤 강제력에 의해 끌려가고 있는지에 대해서는 관심도 없고 그런 건 조금도 개의

치 않아요. 당신이 올바른 방향으로 가고만 있다면 말입니다. 어쨌든 시간이 흐르고 있어요. 행인들 얼굴도 살펴보고 광고판도 들여다보느라 하녀의 귀가가 늦어지고 있군요. 하지만 점점 더 가까이 오고 있습니다. 명심해요. 그건 마치 크리스마스를 맞고 있는 거리를 통해 교수대가 당신을 향해 점점 가까이 다가오고 있는 것과 같단 말입니다! 이 모든 걸 다 알고 있으니, 내가 당신을 도와줄까요? 돈이 어디 있는지 알려줄까요?"

"그 대가는?" 마크하임이 물었다.

"그냥 크리스마스 선물로 드리는 겁니다." 방문객이 대답했다.

마크하임은 자신도 모르게 씁쓸한 승리의 미소가 떠오르는 것을 어쩔 수 없었다.

"싫소." 그가 말했다. "당신 도움은 일체 받지 않겠어. 내가 목이 말라 죽어가고 있고 당신이 물 주전자를 내 입술에 갖다 대더라도 내게는 그걸 거절할 용기가 있어. 바보 같은 짓인지는 모르겠지만 나 자신을 악마에게 맡기는 짓은 하지 않겠어."

"임종 시에 하는 회개에 이의를 달 필요는 없겠지요." 방문객이 말했다.

"당신이 그 효력을 모르니까 하는 소리야!" 마크하임이 외쳤다.

"아니, 그런 뜻이 아닙니다." 방문객이 말했다. "다만 나는 이 모든 것을 다른 각도에서 보고 있을 뿐입니다. 생명이 끝나면 내 관심사도 끝나는 겁니다. 인간은 나를 섬기면서 살아갑니다. 종교라는 색칠을 한 시커먼 모습의 존재를 흩뿌리면서, 혹은 당신처럼 나약하게 욕망에 고분고분 순종한 채 밀밭에 가라지를 뿌리면서(마태복음 13장 25절과 36절 참조-옮긴이 주) 살아갑니다. 그리고 죽음이 가까워서야 단 한 가지 예배 행동을 할 수 있습니다. 후회하고 미소 지으며 죽어가는 것. 그렇게 해서 살아 있는 자신의 추종자들에게 자신감과 희망을 키워줄 수 있겠지요.

나는 그렇게 가혹한 주인이 아닙니다. 나를 시험해봐요. 내 도움을 받아들여요. 지금까지 그래왔듯이 즐겨요! 팔꿈치를 식탁 위에 올려놓고 더 마음껏 즐겨요. 이윽고 밤이 되고 커튼이 드리워지면, 정말 다행스럽게도, 양심과의 싸움도 쉽게 가라앉을 것이고 하느님께 알랑거리며 평화를 찾는 일도 쉬워질 겁니다. 나는 방금 그런 임종의 자리에 갔다 오는 길입니다. 그 방에는 죽어가는 이의 마지막 말을 들으며 진심으로 비탄에 빠진 사람들이 그득하더군요. 죽은 자의 얼굴을 들여다보니 자비라고는 전혀 모르는 돌처럼 굳어 있던 그 얼굴에 희망의 미소가 떠올라 있더군요."

"그렇다면 당신은 내가 그 존재와 같다고 생각하는 건가?"

마크하임이 물었다. "당신은 내가 오로지 죄, 죄, 또 죄만을 갈 망하다가 최후에 이르러 슬쩍 천국으로 기어들어 가려는 자라 고 생각하는가? 생각만 해도 마음이 격해지는군. 그래, 사람들 에게서 당신이 경험한 것은 그게 전부인가? 아니면 피 묻은 나 의 이 손을 보고 내가 그렇게 비열한 놈이라고 추정하는 건가? 그리고 이 살인죄가 정말로 선의 샘을 바닥까지 말려버릴 정도 로 불경하단 말인가?"

"내게는, 살인이 그 무슨 특별한 범주에 속하는 게 아닙니 다." 방문객이 대답했다. "모든 죄악은 살인입니다. 모든 삶이 전쟁이듯 말입니다. 내게는 당신네 종족이 뗏목 위의 굶주린 선원들처럼 보입니다. 굶주린 사람의 손에서 빵 껍질을 갈취하 고 서로를 잡아먹으면서 살아가는 자들처럼 보입니다. 나는 그 들이 행동하는 그 순간 너머에서 죄를 좇습니다. 어쨌든 그 모 든 자들에게 결과는 죽음임을 나는 압니다. 그리고 내 눈에는 무도회에 참석하는 문제로 어머니를 그럴듯한 말로 속이는 아 름다운 아가씨도 당신 같은 살인자와 마찬가지로 두 손에서 인 간의 피를 뚝뚝 흘리고 있는 것으로 보입니다.

내가 죄를 좇는다고 말했지요? 나는 미덕도 좇습니다. 그런 데 그 둘 사이에는 손톱만큼의 차이도 없습니다. 그 둘 다 죽음의 천사를 거둬들이기 위한 낫일 뿐입니다. 내가 추구해왔던 악은 행동에 있는 것이 아니라 성격에 있습니다. 나는 악한 행동을 사랑하는 것이 아니라 악인을 사랑합니다. 우리가 세월이라는 마구 돌진하는 거대한 폭포의 끝까지 따라 내려갈 수만 있다면 악행이 빚은 결실이 희귀한 미덕의 결실보다 더 축복을 받을 만하다는 것을 알게 될 수도 있을 것입니다. 내가 당신에게 도망갈 기회를 제공하는 것은 당신이 상점 주인을 살해했기 때문이 아니라 당신이 마크하임이기 때문입니다."

"당신에게 툭 터놓고 말하겠소." 마크하임이 대답했다. "당신이 내게서 발견한 이 범죄는 나의 마지막 범죄요. 이 범죄를 행하면서 나는 많은 교훈을 얻었소. 이 범죄 자체가 교훈, 그것도 아주 중요한 교훈이오. 지금까지 나는 반항하면서 살아왔지만 반항에 휘둘려왔을 뿐 결코 반항하고 싶었던 것이 아니오. 나는 가난의 노예였으며 그 가난이 나를 휘둘렀고 나를 괴롭혔소. 그런 식의 유혹에도 굴하지 않을 강건한 미덕들도 있을 것이오. 하지만 내 미덕은 그렇지 못했소. 나는 쾌락에 목말라 있었소.

하지만 지금, 이런 행동 뒤에 나는 경고와 자산을 얻었소. 나 자신이 되기 위한 힘과 새로운 결심을 얻은 거요. 나는 세상 모든 일에서 자유로운 행동을 할 수 있게 되었소. 나는 완전히 변한 나 자신을 보기 시작했소. 이 두 손은 선을 행할 것이며 내 마음은 평화를 얻을 것이오. 과거로부터 그 무언가가 내게 다가왔소. 안식일 저녁 교회 오르간 소리를 들으며 꿈꾸었던 것, 고귀한 책들을 읽고 눈물을 흘리면서, 혹은 순진무구한 어린아이일 때 어머니와 이야기를 나누면서 예감했던 것들 말이오. 바로 거기에 내 삶이 있소. 몇 년간 방황했지만 이제 나는 다시 한번 내가 목적지로 했던 도시를 두 눈으로 볼 수 있게 되었소."

"내가 알기론 당신 이 돈을 주식에 투자할 것 같은데?" 방문객이 지적했다. "내가 잘못 안 게 아니라면 당신, 이미 거기서 수천 파운드를 잃었지?"

"아, 하지만 이번에는 확실한 종목이 있어요."

"이번에도 당신은 돈을 잃을 거야." 방문객이 재빨리 말했다.

"하지만 절반은 남겨 둘 겁니다." 마크하임이 외쳤다.

"아니, 그것도 잃게 될걸." 방문객이 말했다.

마크하임의 이마에 땀이 맺히기 시작했다.

"좋아요, 그렇다고 칩시다. 대체 무슨 문제가 있지요?" 그가 외쳤다. "돈을 잃는다고 칩시다. 내가 다시 가난해진다고 칩시다. 내 속의 한 면, 그러니까 악한 면이 선한 면을 완전히 끝장

낼 때까지 계속 이어진다는 겁니까? 내 안에는 선과 악이 둘 다 강하게 작동했었어요. 둘 다 나를 큰 소리로 불러댔지. 나는 그중 하나만 사랑하는 게 아니야. 둘 다 사랑해. 나는 훌륭한 일을 하겠다는 생각을 품을 수도 있고 금욕과 순교를 행하겠다는 생각을 할 수도 있어. 그리고 내가 살인과 같은 범죄를 저질렀다 하더라도 동정심은 내게 생소하지 않아. 나는 가난한 사람들을 동정해. 그들의 시련을 나보다 더 잘 아는 사람이 어디 있을까? 나는 그들을 동정하고 도와줘. 나는 사랑을 높이 평가하고 정직한 웃음을 사랑해. 지상에는 선한 것도 없고 진실한 것도 없지만 나는 이 땅을 진심으로 사랑해. 그런데 내 안의 악덕만이 내 삶을 이끌고 내 미덕은 내 마음속의 무기력한 잡동사니처럼 아무런 영향도 못 미친단 말인가? 아니야, 그렇지 않아. 선도 행동을 낳는 동기가 될 수 있어."

그러자 방문객이 손가락을 치켜들며 말했다.

"당신이 36년간 이 세상을 살아오는 동안 행운과 불운을 두루 겪고 기질도 다양하게 변하면서 꾸준히 나락에 빠지는 모습을 나는 지켜보았지. 15년 전에 당신은 도둑질을 시작할 수도 있었어. 3년 전만 하더라도 살인이라는 단어만 들어도 움찔했을걸. 그런데 지금, 당신을 뒷걸음질 치게 만들 만한 범죄가 있나? 그럴 만한 잔인함이나 비열함이 있나? 5년 뒤의 당신 모습, 실제의 당신 모습을 나는 간파할 수 있어! 이제 당신 앞에는 내리막길, 내리막길밖에 없어. 죽음만이 당신을 멈추게 할 수 있을 뿐이야."

"맞아요." 마크하임이 쉰 목소리로 말했다. "나는 어느 정도 악을 좇으면서 살아왔어요. 하지만 누구나 다 그런 법이지. 제아무리 성자라도 일상생활을 영위하다 보면 언제나 고상하게 살 수는 없는 법이에요. 우아한 모습을 잃어버리고 주변 사람들과 비슷해질 수 있지 않겠어요?"

그러자 상대방이 말했다.

"간단한 질문 하나 하겠소. 당신의 대답을 들은 다음 당신의 도덕적 등급을 점쳐주지. 당신은 많은 일에 있어 방종하게 자랐어. 아마 그렇게 될 이유가 있었겠지. 어쨌든 모든 사람들이 다 마찬가지요. 하지만 그렇다 치더라도 당신은 제아무리 사소한 일이라도 그 어떤 일에 대해 당신 행동이 불만족스러운 때가 있소? 아니면 모든 일을 그저 고삐 풀린 듯 아무 생각 없이 해치우시오?"

"그 어떤 일?" 마크하임이 고통스러운 표정을 지으며 방문객의 말을 되풀이했다.

"아니, 없어요." 그가 절망한 듯 말을 이었다. "그 어떤 것도! 모든 것에서 나는 그저 내리막길을 걸었을 뿐이야."

"그렇다면," 방문객이 말했다. "지금 당신의 모습에 만족해야 해. 당신은 결코 변하지 않을 테니까. 지금 이 국면에서의 당신에 대한 기록이 이제 돌이킬 수 없이 계속해서 똑같이 써질 테니까."

마크하임은 오랫동안 말없이 서 있었다. 침묵을 먼저 깬 것은 방문객이었다. 그가 말했다.

"그러니, 돈이 어디 있는지 보여줄까?"

"그렇다면 은총은요?" 마크하임이 외쳤다.

"이미 시험해보지 않았나?" 방문객이 되받았다. "2년 전인가, 3년 전인가, 부흥회 집회 단상에 당신이 서 있는 모습을 보았던 것 같은데. 당신이 제일 큰 목소리로 찬송가를 부르지 않았던가?"

"맞아요." 마크하임이 말했다. "이제 내게 의무로서 남아 있는 일이 무엇인지 분명히 알겠어요. 내 영혼에 이런 교훈들을 주어서 고마워요. 내 눈이 뜨였어요. 마침내 내 본 모습을 보게 되었어요."

그 순간 날카로운 초인종 소리가 집 안에 울려 퍼졌다. 방문객은 마치 미리 약속했던 신호를 기다리기라도 했던 양 태도가 돌변했다.

"하녀로군요." 방문객이 외쳤다. "당신에게 경고했던 대로 그녀가 돌아왔습니다. 이제 당신 앞에 난관이 놓인 셈입니다. 주인이 아프다고 말해야 해요. 자신 있으면서도 약간 진지한 얼굴로 그녀를 안으로 들여요. 미소를 띠거나 과장된 행동은 하지 말아요. 그러면 분명히 성공할 겁니다! 하녀가 일단 안으로 들어와서 문을 닫으면 상인을 처치할 때 보여준 민첩함을 다시 한번 발휘하기만 하면 그만입니다. 그러면 당신이 가는 길에 놓인 마지막 위험에서 벗어나게 되는 겁니다. 그 후로는 온 저녁이, 아니 필요하다면 온 밤이 당신 것이 될 겁니다. 집 안 구석을 샅샅이 뒤져 값나가는 것들을 찾고 안전을 모색하세요. 이것이 위험이라는 가면을 쓰고 당신에게 찾아온 기회이자 '도움'입니다. 서둘러요!" 그가 갑자기 큰 소리로 외쳤다. "서둘러요, 친구! 당신의 목숨이 저울에 매달려 흔들리고 있어요. 서둘러요. 움직이라고요!"

마크하임은 조언자에게서 눈길을 떼지 않았다.

"내게 사악한 행동을 할 운명이 주어졌더라도," 그가 말했다. "여전히 자유를 향한 문 하나는 열려 있어.—나는 행동을 멈출 수 있어. 만일 내 삶이 사악한 거라면 그 삶을 내려놓을 수 있어. 당신이 옳게 말했듯이 내가 온갖 사소한 유혹의 손짓에 넘어갔다 하더라도 나는 아직 단 한 번의 동작으로 온갖 유혹이 닿지 못하는 곳에 자리 잡을 수 있어. 선을 향한 내 사랑은 결실을 맺지 못하게 되어버렸지. 좋아, 그건 그냥 내버려둬! 하지만 나는 여전히 악을 증오해. 그러니, 당신이 정말 실망하겠지만, 내가 아직 힘과 용기가 있다는 것을 당신에게 보여주겠어."

그러자 방문객의 모습이 멋지고 아름답게 변하기 시작했다. 그의 몸 전체가 애정 어린 승리감으로 밝게 빛나면서 부드럽게 변하더니 그렇게 빛을 발한 채로 희미해지더니 사라져버렸다. 마크하임은 그 변화를 계속 바라보면서 그 변화를 이해했다. 그는 문을 열고 생각에 잠긴 채 천천히 계단을 내려갔다. 그의 과거가 있는 그대로 그의 눈앞을 스쳐 지나갔다. 그는 그 과거를, 악몽처럼 추하며 힘겨운 과거를, 과실치사처럼 제멋대로인 과거를, 실패의 연속인 그 과거를, 있는 그대로 바라보았다. 그렇게 되돌아본 삶은 더 이상 그를 유혹하지 않았다. 대신 저 먼곳에 그가 탄 배가 정박할 조용한 안식처가 그를 기다리고 있음을 그는 느낄 수 있었다.

그는 문을 향해 걸어가는 도중에 멈춰 서서 가게 안을 들여다보았다. 시체 옆에서 아직 촛불이 타오르고 있었다. 이상하리만치 조용했다. 그렇게 그곳을 바라보며 서 있자니 상인에 대한 생각들이 그의 마음속으로 밀려 들어왔다. 그때 참지 못하겠다는 듯 초인종이 다시 한번 시끄럽게 울렸다.

마크하임은 미소 비슷한 것을 얼굴에 떠올리며 문간에서 하녀를 맞이했다.

"경찰서로 가보도록 해요." 그가 말했다. "내가 당신 주인을 죽였소."

『지킬 박사와 하이드 씨』·「마크하임」을 찾아서

융(Karl Gustav Jung, 1875~1961)이라는 스위스의 심층심리학자는 인간은 누구나 남녀 양성이라는 주장을 했다. '아니, 인간은 엄연히 남녀로 구별이 되는 존재이지, 하등동물도 아닌 인간이 어떻게 남녀 양성이란 말인가'라며 날을 세울 필요 없다. 생물학적으로 그렇다는 것이 아니라 심리적으로 그렇다는 말이다.

인간은 생물학적으로는 엄연히 남성과 여성으로 구별이 되지만 심리적으로 볼 때, 남성 속에도 여성성이, 여성 속에도 남성성이 존재한다는 것이다. 즉 남성이건 여성이건, 깊은 심리 속에는 남성과 여성이 공존하고 있다는 말이다. 참고로 융은 심리적 남성성을 아니무스라고, 여성성을 아니마라고 불렀다는 것을 알아두자. 각각의 속성은 우리가 흔히 남성답다, 여성

답다, 라고 표현하는 것 그대로이다. 일상 속에서 여자 같은 남자, 남자 같은 여자를 흔히 발견할 수 있다는 것을 생각하면 쉽게 수긍할 수 있을 것이다.

하지만 중요한 건, 그 둘이 항상 사이좋게 지내는 것은 아니라는 사실이다. 사이좋게 지내기는커녕, 걸핏하면 싸운다. 싸우다 보면 이기는 쪽이 있고 지는 쪽이 있기 마련이다. 이긴 쪽은 의기양양해서 진 쪽을 억압한다. 당연히 진 쪽은 기를 펴지 못하고, 성장을 멈추거나 기형이 된다. 더 심한 경우 싸움에 이겨 의기양양해진 쪽이 진 쪽은 아예 안에 꽁꽁 숨은 채 밖으로 나오지도 못하게 만든다. 그리고 그쪽을 아예 없는 것처럼 취급해버리고, 어쩌다 밖으로 표출되면 스스로 자신이 병들었다고 생각하게 된다.

쉬운 예를 들어보자. 사내는 사내다워야 하고 여자는 여자다워야 한다는 원칙이 엄하게 지켜지는 사회가 있다고 치자. 요즘은 조금 완화되는 추세이긴 하지만 사실 대부분의 인간 사회가 그런 식으로 이끌어져 왔다. 그런 사회에서 남자는 더 남자다워지려고 애를 쓰고 여자는 더 여자다워지려고 애를 쓴다. 겉보기에는 당연해 보이고 건강해 보인다. 그런데 심리적으로는 그렇지 않다. 그런 사회에서 남성 심리 속의 여성성과 여성

심리 속의 남성성은 기를 펴지 못한 채 웅크리고 숨어 있다. 그 것도 성장을 멈추었거나 기형적인 모습으로 숨어 있다. 그리고 인간이 이중적이라는 사실 자체가 아예 금기시된다.

그런데 유럽의 19세기 사회는 인간이 이중적이라는 생각이 가장 금기시되었던 사회 중의 하나라고 볼 수 있다. 인간의 이성에 대한 믿음이 어느 때보다 강했으며, 인간이 그 이성의 힘으로 지상에 유토피아를 만들 수 있다는 믿음이 강했던 시기이니 당연하다. 인간이 지닌 여타 속성들은 이성의 힘으로 길들이거나 억눌러야 한다는 생각이 강했던 사회가 바로 19세기 유럽 사회였다. 그리고 이성적인 인간으로서 추구해야 할 바람직한 가치가 확고하게 세워져 있던 시기이기도 했다. 영국에서는 'gentle man'으로, 프랑스에서는 'honnête homme'로 표현된 신사(紳士)라는 호칭은 바로 그런 바람직한 인간을 뜻한다. 신사는 태도나 행동이 점잖아야 했고 바른 예의도 갖추고 있어야 했으며, 교양이 있어야 했고 남의 모범이 되어야 했다. 한 마디로 인간다워야만 했다.

여기서 한번 질문을 던져보자. 그 신사는 과연 겉모습 그대로의 인간일까? 제아무리 신사라고 해도, 그 안에 '신사'라는 옷을 벗어버리고 좀 자유로워지고 싶은 욕망, 체면 따위 집어

치우고 한번 신나게 놀아보고 싶은 욕망이 없을까? 그 신사가 신사다우면 신사다울수록 오히려 그 안에는 그런 욕망이 더 강하게 꿈틀거리고 있지 않을까?

『지킬 박사와 하이드 씨』의 지킬 박사는 바로 그런 신사의 전형이다. 그는 대중들 앞에서 고고한 태도를 보이고 근엄해 보이고 싶은 사람이다. 그런데 그에게는 즐거운 일에 탐닉하는 기질이 있다. 그는 그 기질을 스스로 세워 놓은 높은 가치관에 따라 판단하고, 거의 병적으로 부끄러워하며 그것을 감추려 애쓴다. 이중적인 자기 자신을 부끄러워하는 것이다.

그런데 바로 거기에 문제가 있다. 그는 연구를 거듭한 결과 인간은 근본적으로 이중적인 존재라는 결론에 도달한다. 그런데 이중적인 자신을 부끄러워한다는 것은 말이 되지 않는다. 지킬 박사는 그 부끄러움에서 벗어나는 방법을 택한다. 어떤 방법? 자기 안에 들어 있는 두 본성을 분리하는 방법이다. 각각의 본성을 분리시켜 다른 개체로 만들어버리는 방법이다. 그렇게 되면 부당한 취급을 받던 한쪽은 다른 한쪽의 감시에서 벗어나 자유롭게 자신의 길을 가게 될 것이며, 또 다른 존재는 자신 내부의 또 다른 자아가 하는 짓 때문에 괴로워하지 않게 될 것이다. 그는 그렇게 모순되는 존재가 갈등하면서 계속 함께 지내야 한다는 것은 인간이 받은 저주일 뿐이라고 생각한다.

　다행히 그는 자신 내부에 존재하는 기질, 혹은 본능에 육신의 옷을 입히는 연구에 성공한다. 그 결과 하이드가 탄생한다. 그의 의도대로 하이드는 모든 도덕, 체면 다 벗어던지고 자유롭게 행동한다. 그의 모든 행동은 오로지 즐기고자 하는 욕망의 발현일 뿐이다.

　그런데 왜 하이드가 추한 존재, 더 나아가 악한 존재가 되었을까? 그것도 자연스러운 인간 본성의 한 모습이라면 결국 인간 내부에 존재하는 또 다른 본성은 결국 악이란 말인가? 그것이 아니라면 지킬 박사의 내면이 남들과 달리 유별나게 타락했기 때문일까?

　지킬 박사는 이렇게 말한다.

> 내가 지금의 나처럼 된 것, 인간의 이중성을 이루고 있는 선과 악 사이의 고랑이 보통 사람들보다 훨씬 깊게 내게 파이게 된 것은, 내가 남들보다 유별나게 타락했기 때문이 아니다. 그것은 내가 지향하는 바를 너무 엄격하게 지키려 했기 때문이다. (99쪽)

그 말을 우리는, 하이드가 괴물, 악의 모습으로 나타난 것은 지킬 박사가 너무 신사였기 때문이라는 뜻으로 이해할 수 있다. 하이드가 자연스러운 모습으로 성장하는 것을 막고 억압했기 때문이다. 달리 말하면 인간의 이중성 자체를 죄악시했기 때문이다. 융의 이야기를 빌려 말한다면, 남성 속의 아니무스가 역시 제 안에 들어 있는 이질적인 존재를 너무 억압했기 때문이다.

인간이 근본적으로 이중적인 존재일 수밖에 없다면, 가장 좋은 방법은 그 둘이 사이좋게 지내게 하는 것이다. 하지만 많은 학자들이 그건 정말 어렵다고 말한다. 인간 내부의 이중 기질, 혹은 본능은 『지킬 박사와 하이드 씨』의 '지킬 박사'와 '하이드 씨'처럼 상호 너무 이질적이고 대립적이기 때문이다. 융은 '개성화 과정'이라는 어려운 용어를 써서 인간 내부의 이질적인 기질들이 균형을 취하며 활짝 꽃 피어나는 길을 우리에게 제시했지만, 그건 마치 성자(聖者)의 길처럼 어려운 길이다. 또한 '인간은 생각하는 갈대이다'라는 말로 유명한 17세기 프랑스 철학자 파스칼은, '인간은 어쩔 수 없이 괴물이다. 하지만 인간은 자신이 어쩔 수 없이 괴물이라는 것, 자신이 나약하기 그지없는 존재임을 알 수 있기 때문에 위대할 수 있다'라는 취지의 말을 했다. 인간이 지닌 한계를 부정하지도 말고 수동적으로 체념하지도 말고, 그 한계를 넘어서는 더 높은 것을 지향하라는 아주 옳은 말씀이지만 역시 우리 같은 범인(凡人)들이 쉽게 따르기 힘든 길이다.

하지만 그 어려운 길의 출발점은 역시 인간의 영혼은 그렇게 알록달록하다는 것을 인정하는 데 있다. 제일 바람직하지 못한 것은 그 알록달록함을 인정하지 않고 독단적이 되는 경우이다. 왜 독단적이 되는가? 자신의 내부를 들여다보지 않았기 때문이다. 『지킬 박사와 하이드 씨』는 그렇게 우리에게 우리 내부를 들여다보게 만드는 소설이다. 이 소설의 원제는 『지킬 박사와 하이드 씨의 기이한 사례』이지만 우리는 이 소설을 읽고 '기이한 사례'라는 표현을 없앨 준비를 하면 된다. 이 소설이 보여주듯, 인간은 이중적이다. 그러나 내 안의 '또 다른 나'가 꿈틀거리더라도 기이하게 생각하지 말라. 기이하기는커녕 그게 정상이다. 그것을 인정하는 게 정상이다.

우리는 하루에도 여러 번 내가 왜 이럴까, 갈등하며 살아간다. 그러나 두려워 마라. 그걸 기이하다고 여기는 게 오히려 기이한 병이다. 그걸 받아들여야만, 그 '또 다른 나'가 기형이나 괴물이 되지 않을 수 있다. 한 가지 더 있다. 그래야만, 나와 생판 다른 나를 이해하고 받아들일 수 있다.

『보물섬』과 『지킬 박사와 하이드 씨』로 유명한 로버트 루이스 스티븐슨(Robert Louis Stevenson, 1850~94)은 수십 편의 뛰어난 단편들도 남겼다. 그러나 그의 단편들은 길이와는 상관없이 아주 묵직한 주제를 다루고 있는 것이 대부분이다. 인간의 내면을 들여다 본 작품들이 많기 때문이다. 이 책에 실린 「마크하임」은 그 중 대표적인 작품 중의 하나이다. 『지킬 박사와 하이드 씨』를 읽으면서 느낀 인간의 이중성에 대한 성찰의 연장선상에서 「마크하임」을 읽으면 그 의미가 더욱 깊은 감동으로 다가올 수 있다.

로버트 루이스 스티븐슨은 1850년 11월 13일, 스코틀랜드의 에든버러 하워드 플레이스에서 태어났다. 아버지는 등대 토목기사였다. 부모는 그가 토목기사가 되기를 원했으나 그는 작가의 길을 걷겠다고 부모에게 말한다. 안전한 길보다는 모험의 길을 택한 셈이다.

그는 1831년 『보물섬』을 발표하면서 유명 작가가 된다. 하지만 스티븐슨은 아주 젊었을 때부터 사람들이 지니고 있는 개성들이 그 인간에게 어떤 영향을 미치는가 하는 주제를 소설화하려는 꿈을 가지고 있었다. 그는 『지킬 박사와 하이드 씨』를 발표하기 전에도 그의 그런 관심을 작품화한 단편들을 몇 편 썼다. 그리고 드디어 『지킬 박사와 하이드 씨』를 완성함으로써 그 꿈을 이뤘다. 스티븐슨의 부인인 패니 스티븐슨은 이 소설의 탄생과 관련하여 다음과 같은 일화를 들려준다.

"어느 날 새벽, 나는 옆에서 자고 있던 남편이 지르는 무시무시한 비명 소리에 잠에서 깨어났다. 그가 악몽이라도 꾼 것 같아, 나는 그를 흔들어 깨웠다. 그러자 그가 화를 내며 말했다. '도대체 왜 나를 깨운 거야? 멋진 악령 이야기 꿈을 꾸고 있던 중인데.' 나는 그가 첫 번째 변신의 꿈을 꾸고 있을 때 그를 깨운 것이다."

평생의 꿈이 진짜 꿈속에서 실현된 것이다.

또한 이 소설을 처음 읽은 스티븐슨의 의붓아들 로이드는 이렇게 썼다.

"『지킬 박사와 하이드 씨』가 지닌 업적에 비견할 만한 소설이 이전에 있었을까? 나는 내가 그 소설을 처음 읽었던 순간을 마치 어제 일처럼 생생하게 기억하고 있다. 아버지가 열에 들뜬 채 아래층으로 내려왔다. 그리고 작품의 거의 절반 정도를 큰 소리로 읽어주었다. 우리들이 모두 숨이 막혀 헐떡거리고 있는 사이, 아버지는 다시 서재로 올라가서 글쓰기에 몰두했다.

내 생각에 초고를 완성하는 데 3일 이상 걸린 것 같지 않다."

그렇게 인간 내부의 이중성을 본격적으로 보여준 기념비적인 작품 『지킬 박사와 하이드 씨』가 탄생했고, 1886년 발표되어 커다란 호응을 얻었다. 이후 『지킬 박사와 하이드 씨』는 수십 편의 영화와 만화 영화로, 연극으로 제작되어 세계적으로 유명한 작품이 되었으며 비디오 게임으로도 여러 편 제작되었다. 꽤 오래전에 텔레비전 시리즈물로 크게 인기를 얻은 〈두 얼굴을 가진 사나이〉도 『지킬 박사와 하이드 씨』에서 영감을 얻은 것은 두말할 필요가 없다.

스티븐슨은 1894년 비교적 젊은 나이에, 우폴루섬의 자택에서 사망했다.

지킬 박사와 하이드 씨 · 마크하임
생각하는 힘: 진형준 교수의 세계문학컬렉션 70

펴낸날	초판 1쇄 2022년 2월 17일

지은이	로버트 루이스 스티븐슨
옮긴이	진형준
펴낸이	심만수
펴낸곳	(주)살림출판사
출판등록	1989년 11월 1일 제9-210호

주소	경기도 파주시 광인사길 30
전화	031-955-1350 팩스 031-624-1356
홈페이지	http://www.sallimbooks.com
이메일	book@sallimbooks.com

ISBN	978-89-522-4316-4 04800
	978-89-522-3984-6 04800 (세트)